QUE DEUS NOS AJUDE E NOS ACUDA PARA QUE POSSAMOS FAZER UMA RELEITURA DA VIDA DE CRISTO.

A VIDA DE CRISTO FOI MUITO MAIS DO QUE UM TEATRO ENCENADO PARA SENSIBILIZAR A HUMANIDADE.

❦

A FORÇA
ETERNA
DO
AMOR

1ª edição | dezembro de 2009 | 10.000 exemplares 10 reimpressões | 38.500 exemplares
11ª reimpressão | setembro de 2024 | 1.000 exemplares
CASA DOS ESPÍRITOS EDITORA, © 2009

Todos os direitos reservados à casa dos espíritos editora ltda.
Avenida Álvares Cabral, 982, sala 1101 | Lourdes
Belo Horizonte | MG | 30170-002 | Brasil
Tel.: +55 31 3304-8300
www.casadosespiritos.com.br | editora@casadosespiritos.com.br

DADOS INTERNACIONAIS DE CATALOGAÇÃO NA PUBLICAÇÃO [CIP]
[Câmara Brasileira do Livro | São Paulo | SP | Brasil]

Calcutá, Teresa de (Espírito).
A força eterna do amor / pelo espírito Teresa de Calcutá;
[psicografia] Robson Pinheiro. – Contagem, MG: Casa dos Espíritos Editora, 2009.
ISBN 978-85-87781-38-3

1. Espiritismo 2. Psicografia I. Pinheiro, Robson. II. Título.

09-12143   CDD-133.93

Índices para catálogo sistemático:
1. Mensagens psicografadas: Espiritismo   133.93

TÍTULO	A força eterna do amor
AUTOR	Robson Pinheiro
EDITOR E NOTAS	Leonardo Möller
PROJETO GRÁFICO E EDITORAÇÃO	Andrei Polessi
	Fernanda Muniz
REVISÃO	Laura Martins
IMPRESSÃO E PRÉ-IMPRESSÃO	PlenaPrint
FORMATO	16 x 23cm
NÚMERO DE PÁGINAS	318
ISBN	978-85-87781-38-3

A FORÇA ETERNA DO AMOR

TERESA *de* CALCUTÁ

pelas mãos de

ROBSON PINHEIRO

casa dos espíritos

COMPRE EM VEZ DE FOTOCOPIAR. Cada real que você dá por um livro possibilita mais qualidade na publicação de outras obras sobre o assunto e paga aos livreiros por estocar e levar até você livros para seu crescimento cultural e espiritual. Além disso, contribui para a geração de empregos, impostos e, consequentemente, bem-estar social. Por outro lado, cada real que você dá pela fotocópia não autorizada de um livro financia um crime e ajuda a matar a produção intelectual.

OS DIREITOS AUTORAIS desta obra foram cedidos gratuitamente pelo médium Robson Pinheiro à Casa dos Espíritos Editora, que é parceira da Sociedade Espírita Everilda Batista, instituição de ação social e promoção humana, sem fins lucrativos.

CONFORME O NOVO ACORDO ORTOGRÁFICO DA LÍNGUA PORTUGUESA, RATIFICADO EM 2008.

*A Telma e Ronaldo Albertino,
grandes amigos e benfeitores, da Spiritualis.*

PREFÁCIO

por Robson Pinheiro

"SE EU ALGUMA VEZ VIER A SER SANTA – SEREI CERTAMENTE UMA SANTA DA 'ESCURIDÃO'. ESTAREI CONTINUAMENTE AUSENTE DO CÉU – PARA ACENDER A LUZ DAQUELES QUE SE ENCONTRAM NA ESCURIDÃO NA TERRA."[1]

Teresa de Calcutá me emociona. Há alguns anos – acredito que por volta de 2004 –, quando eu participava de uma reunião de estudo do Evangelho e de cartas consoladoras,[2] ao final, já encerrada a psicografia, leve pressão foi sentida por mim sobre a mão. Parei por alguns instantes, sem que minhas percepções conseguissem captar o que se passava mais além. Após aquela rápida hesitação inicial,

---

[1] CALCUTÁ, Teresa de, cf. KOLODIEJCHUK, 2008, p. 7.

[2] Na Sociedade Espírita Everilda Batista, instituição fundada por Robson Pinheiro em Contagem, na região metropolitana de Belo Horizonte, o médium realiza a atividade de cartas consoladoras, à semelhança do que fez Chico Xavier

deixei-me conduzir por suave vibração, que me envolveu e me fez chorar. As lágrimas vieram à face de maneira também suave, porém confortadoras, para minha surpresa. As mãos deslizavam velozmente pelo papel, até que interromperam de vez seu movimento, de modo tão inesperado como o haviam começado e sem nenhum sinal de que o retomariam. Quando, em particular, fui ler as palavras escritas, logo vi a assinatura: "Teresa dos pobres, Teresa de Calcutá, Teresa de Deus".

Não havia como deter as lágrimas. Era a primeira mensagem psicografada por mim que trazia uma assinatura como esta. Guardei-a algum tempo, sem mencionar nada a ninguém. Alguns meses se passaram e novamente a sensação me toma de assalto, em mais uma reunião daquele tipo. Intenso aroma de rosas brancas inundou o ar. A mão percorria o papel, outra vez envolvida por suave influência – uma voz que eu não sabia de onde vinha nem como traduzir. Novos elementos, nova mensagem. E no final, novamente: "Teresa dos pobres, Teresa de Calcutá, Teresa de Deus".

Desta vez, não havia como esconder a mensagem. Eu a li, e foi a hora de todos chorarem. Outras mensagens vieram,

---

até poucos anos antes de seu desencarne, em 2002. O trabalho consiste na escrita, através da mediunidade, de mensagens de familiares desencarnados, necessariamente mediante a presença do parente solicitante, que deve apresentar nome completo e data do desencarne.

mais ou menos a cada dois meses, talvez numa tentativa de aproximar-se, de criar condições para escrever algo mais amplo. Não saberia dizer, naquele momento. Somente mais tarde, um amigo da esfera extrafísica me traria a notícia: "Teresa deseja escrever através de ti. Prepara-te!". Nada mais. Como cheguei a suspeitar, aquelas mensagens esparsas se constituíam mesmo numa forma de aproximação, de testar minha sensibilidade, de ensaio psíquico. Assim considerei as palavras produzidas através de minhas mãos. Hoje, me surpreendo que tais palavras tenham se transformado num livro. *A força eterna do amor* é a materialização de algo muito maior que eu, que minhas forças ou minha vontade. Traduz o pensamento de uma serva de Jesus, na mais autêntica e sublime acepção do termo.

E falar em Teresa de Calcutá me remete a outra Teresa: Teresa de Ávila.

Conta-nos São João da Cruz, o biógrafo dessa carmelita espanhola que viveu no século XVI, que a mística[3] tinha visões de Jesus e dos apóstolos, sendo que, muitas vezes, conversava longamente com Pedro, João Evangelista e Paulo

---

[3] As informações deste ponto em diante – neste parágrafo e nos próximos, que narram uma história – foram dadas a Robson Pinheiro diretamente pelos espíritos que lhe dirigem o trabalho. Infelizmente, não puderam ser corroboradas por outras fontes.

de Tarso, entre outros.

Certa ocasião, Teresa de Ávila levava mantimentos aos pobres das cercanias do convento onde ela se dedicava à vida religiosa. No trajeto, um vendaval seguido de forte tempestade a surpreende atravessando uma ponte, destruindo-a e provocando a queda do animal, que carregava os víveres, no precipício. Teresa caiu junto com ele, no rio que corria abaixo, enquanto invocava, através de clamores, os apóstolos e o próprio Jesus, com quem ela tinha encontros frequentes em seu transe místico. Depois de extraviarem-se todos os mantimentos destinados aos pobres e vendo que nem os apóstolos nem Jesus respondiam a seu chamado, ela conseguiu, a custo, chegar à margem do rio, onde desfaleceu. Eis que, após o silêncio – que lhe parecera demasiadamente longo – por parte dos apóstolos e de seu Senhor, aparece-lhe o próprio Jesus. Eleva-se acima dela e, com olhar profundo e penetrante, finalmente lhe diz:

– Vede, Teresa, como trato meus seguidores?

Ao que ela respondeu, prontamente:

– Ah! Senhor... Agora compreendo porque o Senhor os tem tão poucos!

Quando analiso os pensamentos, a atuação e as características do trabalho e da fé de Teresa de Calcutá, noto em sua biografia um reflexo ou uma correspondência com a vida da religiosa de Ávila e entendo as palavras sobre os seguidores de Jesus: "Agora compreendo porque o Senhor os tem tão poucos!".

Teresa de Calcutá foi mulher muito ativa e que alcançou grande projeção, o que faz dispensar-lhe apresentações. Foi aquela que mais claramente representou a ideia cristã e a mensagem do Alto em nossos tempos. Considero um privilégio viver no momento histórico em que viveu a chamada Santa da Escuridão. Ao conhecer um pouco de seu pensamento – expresso nestas palavras póstumas –, vemos como reproduz o estilo de Jesus com fidelidade. O mesmo perfil, a mesma ação contundente e obstinada ao enfrentar os poderes do mundo, a religião oficial e os religiosos de plantão, com firmeza e irreverência, exatamente como agia o Galileu diante de escribas, fariseus e doutores da lei. Em sua forma de escrever, encontramos a impetuosidade característica dos antigos apóstolos, ao não se envolverem nem serem coniventes com o erro, a desfaçatez e o proceder anticristão. Teresa é, talvez, a voz apostólica que ressoa em nossos dias tanto através das palavras quanto por meio dos exemplos, ambos coerentes com sua proposta de vida: seguir ao Cristo.

Eis a forma como se expressa, principalmente depois de transpor os portais da eternidade e encontrar as claridades da vida imortal. Esta é Teresa dos pobres, Teresa de Calcutá, Teresa de Deus.

SEMPRE UM PROCESSO DIFERENTE: A PRODUÇÃO E A ESTRUTURA DO LIVRO.

por Leonardo Möller

"PORTANTO, MEUS IRMÃOS, BUSQUEM COM DEDICAÇÃO O PROFETIZAR E NÃO PROÍBAM O FALAR EM LÍNGUAS. MAS TUDO DEVE SER FEITO COM DECÊNCIA E ORDEM."[4]

A força eterna do amor foi elaborado a partir de frases e citações largamente atribuídas a Madre Teresa de Calcutá. Certo dia, Robson Pinheiro relata a percepção de uma criança, que lhe diz: "Anote aí os textos que vou lhe ditar". Como estava, naquele exato momento, voltado aos assuntos relacionados à produção de livros e em contato com a equipe espiritual responsável pela Casa dos Espíritos Editora e as obras por seu intermédio, ele obedece. Entretanto, era uma criança desconhecida.

[4] Paulo de Tarso (1Co 14:39-40 – Nova Versão Internacional).

Ao final do ditado, ela avisa que aqueles trechos traçavam o plano da obra que havia sido prometida a Robson por outros espíritos, cuja autoria seria de Teresa de Calcutá. Tomariam os dizeres e declarações creditadas à Madre como roteiro, e a autora, agora no país da eternidade, passaria a comentar as passagens ali transcritas, uma a uma, dando corpo aos capítulos. A criança também aproveitou para se apresentar: "Meu nome é Aura Celeste". Nem um pouco dado a certos pormenores ou curiosidades, por talvez julgá-los frívolos perante o conjunto do trabalho, Robson Pinheiro considera a conversa encerrada.

Aura Celeste é o pseudônimo de Adelaide Augusta Câmara (1874-1944), médium potiguar de extraordinárias qualidades fenomênicas, que alcançou grande projeção no espiritismo da antiga capital brasileira, a cidade do Rio de Janeiro. Articulista, poeta, liderança espírita envolvida com educação e obras de assistência social, parece ter atingido nas décadas 1920 e 1930 o ápice em suas atividades.

Um esclarecimento caberia, então. Por que apresentar-se como criança? Embora não seja regra geral, a maior parte dos espíritos costuma se apresentar com as feições da encarnação mais recente. Se Aura Celeste vivera até a velhice, por que essa peculiaridade? A explicação oferecida dias depois pelo próprio espírito é de grande interesse.

Ciosa dos conceitos espíritas que tanto defendeu e

difundiu, Aura Celeste temia interferir no pensamento e nas ideias a serem canalizadas por seu intermédio desde sua fonte, o espírito Teresa de Calcutá. Embora a espantosa fenomenologia mediúnica que revela a biografia de Aura, e o consequente adestramento de suas faculdades mentais – que certamente a capacitaram para o papel de transmitir texto de tão elevado espírito como Teresa –, era significativo o risco de choque, no âmbito do pensamento, de suas convicções com o ponto de vista da autora espiritual, uma ex-religiosa católica.

Para contornar tal empecilho, a providência adotada pela médium desencarnada não foi simplesmente reduzir seu corpo espiritual ao aspecto de criança. O que se afigurava pitoresco denotava, na verdade, uma medida complexa e inteligente. Consistia em dar ao perispírito a conformação que tinha previamente ao estudo e à estreita identificação com a doutrina espírita, isto é, remontar à infância, ainda na encarnação como Adelaide ou, mais tarde, Aura Celeste. Como se pode notar, não se trata de modificar a *aparência perispiritual*, mas sim alterar o *psiquismo* a ponto de torná-lo favorável ao desempenho de tão honrosa empreitada, com o máximo de fidelidade.

O laboratório experimental da ciência espírita – a mediunidade – guarda acontecimentos e particularidades que entusiasmam e mostram quão vasto é seu campo de investigação.

Iniciada a psicografia, faz-se exatamente conforme anunciado, ou seja, tecem-se comentários, um a um, sobre as passagens escritas naquele ditado inaugural.

No que diz respeito ao estilo de Teresa, sobejamente comprovado no texto que se elaborou, vale registrar duas observações que são, na realidade, opções de caráter editorial.

De acordo com o que informou Aura Celeste a Robson Pinheiro, Teresa tinha por hábito usar letras maiúsculas numerosas vezes, destacando termos que lhe eram caros – tais como *Pobres, Amor, Compaixão, Esperança*, entre outros –, além dos que são tradicionalmente grafados desse modo na literatura católica: todos os pronomes que se referem a Deus e a Jesus Cristo e outros termos mais – *Cruz, Padre, Apóstolo*, por exemplo.

Além de confirmar tal informação,[5] o padre Kolodiejchuk observa que os travessões eram igualmente comuns na redação de Madre Teresa. Pelos textos que o autor transcreve em seu livro, bastante exagerados, eu diria.

Na psicografia, porém, felizmente os travessões não ocorreram em número superior ao normal, uma vez que, de fato, atrapalham bastante o fluxo de leitura no caso dos textos reproduzidos por Kolodiejchuk, que optou pela estrita fidelidade aos manuscritos de que dispunha. Já as

---

[5] Cf. KOLODIEJCHUK, 2008, Introdução, p. 23.

maiúsculas excêntricas foram registradas, porém de modo mais errático e também menos frequente do que fazia Teresa quando encarnada.

Após algumas reflexões, tomamos a decisão editorial de suprimir, tanto quanto possível, as maiúsculas que não eram obrigatórias. Não vimos sentido em subverter a concepção editorial vigente na Casa dos Espíritos, que prima pela legibilidade da obra e, em razão disso, privilegia as minúsculas. Nem mesmo nos pronomes atinentes a Jesus e nos nomes de religião, como o próprio espiritismo, empregamos maiúsculas. Atestam os tipógrafos que a presença de maiúsculas em excesso cria uma distração ou empresta certo peso à página impressa, efetivamente desfavorável à leitura. Em segundo lugar, constatamos que seu uso havia sido um tanto errático, sem tanta coerência ao longo do texto – ao contrário do que parece ser nos escritos dela publicados por Kolodiejchuk. Por último, não percebemos no que contribuiria para o texto a profusão de maiúsculas. Sabemos que, em matéria semântica, gráfica e mesmo estética, destacar muitas coisas resulta em não destacar nada, pela repetição exagerada do recurso. E, claro, redunda na produção de material com aspecto carregado e poluído.

OS TEXTOS ATRIBUÍDOS A TERESA E O
PROBLEMA COM AS FONTES

Todos os esforços para localizar as fontes das passagens atribuídas a Teresa de Calcutá foram empreendidos. Como este livro tem como ponto de partida frases que ela teria dito durante sua vida (1910-1997), sem dúvida a questão das fontes torna-se crucial. Entretanto, para completo espanto dos editores, nada ou quase nada se pôde apurar; das citações que servem de título-epígrafe para os capítulos, nem uma fonte sequer foi encontrada. Embora fossem encontradas na internet, para cada citação, no mínimo 10 referências de idêntica redação, considerando-se as línguas portuguesa e inglesa – todas creditadas a ela –, nenhuma, rigorosamente nenhuma das ocorrências registrava a fonte. A gigantesca popularidade de suas máximas parece ser inversamente proporcional à preocupação em apontar-lhes as origens.

Impressionante, porém, é que igual descaso se verifique no *site* oficial[6] do Mother Teresa of Calcutta Center, com sede na Califórnia, EUA. Da mesma forma, a instituição não apresenta fonte das poucas frases reproduzidas em sua página,

---

[6] http://www.motherteresa.org (acessado em 11/11/2009).

cuja autoria atribui ao Nobel da Paz de 1979. Paradoxalmente, o Centro, fundado pela própria congregação das Missionárias da Caridade[7] em 2002, tem como missão "servir como uma fonte centralizada e confiável de informações sobre Madre Teresa, facilitar a difusão da autêntica devoção a ela e salvaguardar suas palavras e imagem de uso indevido ou abuso".[8]

Apesar disso, de acordo com o mesmo *site*,[9] a religiosa não teria pronunciado determinado texto reiteradamente atribuído a ela na internet, cujos versos serviram de epígrafe para os capítulos 13 a 36 desta obra. Sem dúvida, há espaço para questionar a credibilidade dessa informação, conforme se demonstrou. Além de o *site* não apresentar autoria nem fundamentação para sua afirmativa – simplesmente lista uma série de trechos que declara jamais terem sido ditos ou escritos por Madre Teresa e dá o assunto como encerrado. É evidente que ninguém pode arrogar-se a plena ciência sobre tudo, rigorosamente tudo o que ela tenha falado e escrito ao longo da vida.

Deixando-se de lado essa discussão, é certo que

---

[7] Dia 10 de setembro de 1946, no trem a caminho de Loreto – para Madre Teresa, este seria sempre o marco inicial da congregação fundada por ela, as Missionárias da Caridade.

[8] http://www.motherteresa.org/portu/layout.html (acessado em 13/11/2009).

[9] http://www.motherteresa.org/08_info/Quotesf.html (acessado em 11/11/2009).

estávamos diante de uma encruzilhada ao decidir pela publicação de citações cuja origem é passível de questionamento. Após discussões e reflexões, concluímos que, tendo em vista tratar-se de um trecho que se vulgarizou como de legítima autoria sua, e sobretudo sendo de valioso conteúdo, é coerente supor que o espírito Teresa de Calcutá tenha desejado aproveitar a gama de temas que aborda o texto em questão e comentá-lo. Como sabemos, para os espíritos, a autoria e a assinatura são menos importantes; é o conteúdo que realmente lhes interessa. Esse raciocínio nos levou a optar pela publicação da passagem envolta em controvérsia.

Nesse contexto, a quem desejar algum aprofundamento na questão, recomendamos enfaticamente a consulta a dois textos fundamentais da doutrina espírita a respeito do tema assinatura *versus* conteúdo, no que tange às comunicações medianímicas.

O primeiro deles discute assunto controverso nos dias atuais. Ao passo que, para o codificador do espiritismo, mensagens idênticas através de vários médiuns constituíam-se em prova inconteste da atuação espiritual e da origem extrafísica da comunicação, o pesquisador espírita da atualidade poderia defrontar-se – ao aplicar o ponto de honra da ciência espírita – com a suspeita de plágio. Vale recordar que a legislação de direito autoral, conforme a entendemos, remonta à Convenção de Berna, de 1886; portanto, é póstuma a Allan

Kardec (1804-1869). Ademais, o avanço das comunicações e, principalmente, a velocidade de publicação e distribuição de conteúdos na internet exigem cuidado no exercício deste que permanece como o critério fundamental da ciência espírita: o controle universal do ensino dos espíritos.[10]

O segundo artigo aborda a supremacia do conteúdo da comunicação sobre aquilo a que o senso comum confere maior peso, incorrendo em grande equívoco, de acordo com a visão do espiritismo. Trata-se das assinaturas declaradas – sobretudo quando famosas – nos fenômenos medianímicos de caráter inteligente.[11] A certa altura, pode-se ler:

> "Se a identidade absoluta dos Espíritos é, em muitos casos, uma questão acessória e sem importância, o mesmo já não se dá com a distinção a ser feita entre bons e maus Espíritos. Pode ser-nos indiferente a individualidade deles; suas qualidades, nunca. Em todas as comunicações instrutivas, é sobre este ponto, conseguintemente, que se deve fixar a atenção, porque *só ele nos pode dar a medida da confiança que devemos ter no Espírito que se manifesta, seja qual for o nome sob que o faça*".[12]

---

[10] KARDEC, 2002, Introdução, parte II: Autoridade da doutrina espírita, item: Controle universal do ensino dos espíritos.

[11] KARDEC, 2003.

[12] KARDEC, 2003, item 262, p. 383 (grifo nosso).

A CRISE DE FÉ DE TERESA: FÉ EM DEUS OU FÉ NOS CRISTÃOS?

É curioso que teóricos do catolicismo enxerguem na crise de fé ou na "escuridão" que Madre Teresa admitiu ter vivido – em diversas cartas privadas, trazidas a público recentemente – uma questão de foro essencialmente íntimo, atinente ao elo do devoto com Deus, interpretando-a somente como um fenômeno ou uma fase de caráter místico.

De fato, a tradição católica[13] é farta de exemplos assim, chegando São João da Cruz a denominar semelhante processo de *noite escura*, que compreenderia duas fases: *noite dos sentidos* e *noite do espírito*. Segundo esclarece, na evolução do futuro santo rumo à plena união com Deus, tais experiências teriam função purificadora, gradualmente liberando-o das imperfeições e provando ao máximo sua fé.

À parte a defesa que é possível fazer de tal interpretação dos depoimentos pessoais de Teresa de Calcutá, não parece correto restringir suas indagações e inquietações à esfera meramente mística ou filosófica, como se tudo se resumisse a suas dúvidas na relação com Deus. Ora, e a relação

---

[13] Cf. KOLODIEJCHUK, 2008, cap. 1, p. 34-35.

com o mundo a sua volta? Não seria este, talvez, o fator predominante na apreensão relatada por ela?

Teresa foi uma madre que, no período que se seguiu à Segunda Guerra Mundial, por mais de dois anos lutou junto às autoridades eclesiásticas pelo direito de abandonar definitivamente a vida no convento, a fim de misturar-se à sociedade e aos pobres do mundo, chegando a fundar uma congregação com tal intuito. Tendo isso em vista, é quase inconcebível imaginá-la experimentando o que chamou de *escuridão* como subproduto exclusivo de seu relacionamento pessoal com Deus. Será que um dos fortes componentes de sua angústia não era a indignação – reiteradas vezes expressa nestas páginas – com os rumos que tomaram a Igreja católica, as instituições cristãs e os fiéis, em última análise?

Muito dessa indignação ela demonstrou em vida, tanto através de seu discurso vigoroso e contestador, mesmo após o corpo lhe privar da vitalidade de outrora, quanto por meio de seus atos inusitados e surpreendentes, como na ocasião em que quebrou rígido protocolo, ao ser agraciada com o Nobel da Paz, em Oslo, Noruega. *"Em nome dos pobres*, ela insiste. Insiste também para que o tradicional banquete seja cancelado, e o dinheiro, doado para quem realmente precisa de alimento".[14] Agiu assim nos mais diversos fóruns.

---

[14] LEMOS, 2006, 4ª capa.

Bom número de escritos esparsos de Teresa, na maior parte fruto de sua correspondência com seus confessores e orientadores eclesiásticos – os quais ela insistiu fossem descartados em diversas ocasiões e, até então, jamais tinham vindo a público – foram reunidos no livro *Madre Teresa: venha, seja minha luz*. O mérito da obra, de grande relevância, é dar a conhecer a intimidade dos pensamentos e elucubrações desta mulher impressionante. Contudo, suas mensagens dividem espaço com análises de cunho profundamente católico, com fortíssimo viés ideológico e um objetivo muito claro: expor argumentos a favor da canonização da santa de Calcutá no campo da subjetividade e da fé, pois que, na esfera objetiva, considero que suas ações falam por ela com suficiente eloquência. O compilador e autor do livro sobre Madre Teresa é o padre Brian Kolodiejchuk, ninguém menos que o postulador da Causa de Canonização da Bem-Aventurada Teresa de Calcutá e diretor do Mother Teresa of Calcutta Center, com sede na Califórnia, EUA.

Quando Teresa menciona o desejo de "rasgar o hábito"[15] como vontade de romper com o formalismo religioso, ideia que lhe teria ocorrido em muitas ocasiões, um clérigo certamente será inclinado a analisar o fato como uma crise de fé. Não seria a primeira vez que a Igreja confundiria

---

[15] No capítulo 14.

o rompimento institucional com a ruptura da fé em Deus, o romper com o próprio Deus. De mais a mais, abraçar a indignação que nasce dentro de suas trincheiras exigiria da Igreja esforço de autocrítica e mudança. Quanto a isso, a hesitação de seus representantes, em inúmeras ocasiões, já demonstrou que a hipótese é improvável.

Mas e se abandonando o hábito a servidora de Calcutá desejasse mais autonomia na execução de seu trabalho com os pobres? E se a "escuridão" de Teresa estivesse mais ligada à falta de fé no homem e no futuro, com a desesperança, que à descrença no Pai? E se a "ânsia de Deus" que menciona pudesse ser explicada não apenas por sentir falta de Deus em seu íntimo, mas no mundo a seu redor?

Indagações como essas visam, sobretudo, estimular a reflexão e, em última análise, aguçar o apetite pela saborosa experiência denominada *A força eterna do amor*.

"ACREDITO QUE O MUNDO ESTÁ DE PONTA-CABEÇA E SOFRE MUITO PORQUE EXISTE TÃO POUCO AMOR NO LAR E NA VIDA FAMILIAR."

Ao observar o mundo atual, especialmente os conflitos bélicos que envolvem cristãos, hindus, mulçumanos e israelitas, inclusive os ditos esforços para estabelecer a paz no Oriente por parte das Nações Unidas e de alguns governos e governantes, noto quanto a pretensão humana se esconde por trás de máscaras de santidade e hipocrisia. Muitos desses supostos esforços não passam de jogadas políticas arquitetadas pelos mais ricos e poderosos entre as nações, pois a atitude de dizer que querem a paz não passa de um simulacro, cujo único objetivo é alimentar a indústria da guerra, que os torna ainda mais ricos.

    Considero que, entre todos os esforços que possamos fazer para conquistar a paz no mundo, a educação e o resgate do amor-família e do amor filial devem necessariamente estar na base de qualquer iniciativa. Não adianta assinar tratados nem tentar impor a paz através de decretos, sanções ou força militar. A atitude das Nações Unidas e de alguns países mais ricos, que enviam suas tropas a fim de garantir a paz, é algo risível, ou melhor, profundamente lamentável. Como garantir a paz através do uso de armas? Eu não entendo disso, assim como não entendo de políticas humanas. Acredito muito mais na política de Deus, defendida e adotada por Jesus, que é o maior estadista que o mundo já conheceu.

    Uma paz que se mantém pelo sangue derramado de vítimas inocentes e produz outros conflitos – de natureza social tanto quanto bélica, que se estendem por gerações a fio – é algo assustador. Até quando os governos do mundo, encorajados por grande parte da opinião pública, desempenharão esse teatro em que nem eles mesmos acreditam? Por isso, lamento muito ao perceber que o mundo está de ponta-cabeça, e os homens, mais do que nunca, precisam adotar uma política diferente, uma forma primorosa e mais eficiente de conquistar a tão sonhada paz. Trata-se da educação e do resgate do amor.

Meu Deus! Até quando durará essa artimanha das trevas disfarçada de esforço pela paz?

E os cristãos, até quando cruzarão os braços diante da desgraça que ameaça diariamente a humanidade? Como podem participar e ser coniventes com esses erros lamentáveis? Fazem caminhadas, fecham ruas e quarteirões, pregam nas missas e nas reuniões comunitárias, mas se recusam a reciclar seus valores internos. Fogem à realização de algo efetivamente proveitoso – o trabalho no núcleo familiar, que lhes ofereceria a possibilidade de atuar no cerne da célula cancerosa e ali modificar as características no âmago deste que é o elemento primordial da sociedade.

Vejo a família como a célula constituinte de um órgão maior: a comunidade. Contudo, essa célula está adoecida e precisa urgentemente receber novas informações em seu DNA, para que se reprograme com a máxima urgência.

Qualquer campanha pela paz que ignore essa necessidade básica apenas dissimula a doença generalizada que grassa na humanidade. O corpo da humanidade está enfermo, e é somente através de ações diretas, enfrentando o problema e tratando o tecido malsão, que se poderá estabelecer a paz. Mas não nos iludamos. A paz que consta das pregações de Nosso Senhor não se obtém por meio de lutas armadas ou do envio de tropas ao campo de batalha; não se alcança pelos decretos engendrados pelos homens que governam e que são marionetes do poder e do dinheiro; tampouco se conquista pelo radicalismo ou pelo verniz dos discursos que mascaram as reais intenções dos ditadores da democracia aristocrática,[16] que ilude as multidões. Só é possível a paz quando se inclui a família, a base, a educação. Por isso nosso mestre foi chamado de *rabi* – professor, aquele que educa.

Dê-se a cada um dos dirigentes das nações, aos religiosos de carteirinha e aos chamados cristãos modernos uma vassoura para que experimentem trabalhar mais e falar menos; fazer menos reuniões e realizar mais ações construtivas.

---

[16] Há quem veja incoerência em tachar a democracia (segundo o *Dicionário Houaiss da Língua Portuguesa*, do grego, *dêmos*: povo + *kratia*: força, poder) de *aristocrática*, isto é, a qual manteria o poder na mão dos nobres ou da elite. No entanto, o paradoxo é intencional e dá margem a amplas reflexões. A expressão sem dúvida caracteriza bem o ponto de vista da autora. O poder nas mãos do povo – através do sufrágio universal e do sistema de representação, hoje amplamente difundidos entre as nações – parece estar sujeito ao *establishment,* que se perpetua no poder, senão diretamente, ocupando os cargos eletivos, pelo menos de modo indireto, nos bastidores e na base do poder, por meio da força econômica. A elite assegura sua ingerência valendo-se de instrumentos desde o financiamento de campanha e o *lobby* junto ao legislador e à administração pública, até à invasão militar, no plano internacional, a pretexto de instaurar o regime democrático, ampliando seu raio de ação.

Envie-se cada um deles e seus familiares ao centro dos conflitos que pretendem encerrar com documentos e resoluções forjados e assinados no conforto de suas escrivaninhas, em ilustres palácios de cristal; que eles sejam mandados pessoalmente aos locais assolados pela guerrilha e pelo confronto armado, e vejamos se seus métodos funcionam. Em geral, são esses mesmos representantes do poder que fomentam a proliferação de armas para que os filhos *dos outros* as empunhem. No que tange à sua prole, porém, conservam-na a salvo, em lares construídos sobre lamentáveis dramas existenciais, atestando a própria incompetência em solucionar problemas familiares, enquanto pretendem salvar multidões. Coloquem-se os cristãos modernos no seio dos conflitos e peça-lhes que amparem as multidões desesperadas, deixando de lado o abrigo ilusório de seus lares; diga-se aos representantes de Cristo que se vistam de simplicidade e visitem favelas, asilos e orfanatos e adotem crianças e idosos, insuflando-lhes a mensagem cristã do "Amai-vos uns aos outros".[17]

Vejamos até que ponto estamos preparados para representar Cristo e defender a verdadeira paz, começando com ações mais eficazes do que simples marchas pelas ruas

---

[17] Jo 13:34; 15:12,17. Todas as citações bíblicas foram extraídas da BÍBLIA de Referência Thompson, 2004. Tradução contemporânea de João Ferreira de Almeida – exceto quando indicado.

asfaltadas ou a promulgação de decretos improdutivos. Reviremos a humanidade e reprogramemos as informações no bojo, no íntimo da célula familiar. Mas, se não formos capazes de fazer isso, meditemos um pouco nessas possibilidades e, depois dessas reflexões, digamos com sinceridade se somos cristãos, se tivermos coragem.

"NÃO UTILIZEMOS BOMBAS E ARMAS PARA DOMINAR O MUNDO. VAMOS USAR AMOR E COMPAIXÃO.

"A paz começa com um sorriso. Sorria cinco vezes por dia para alguém a quem não gostaria realmente de sorrir; faça isso pela paz. Então, vamos irradiar a paz de Deus e acender a sua luz e extinguir do mundo, e dos corações de todos os homens, todo o ódio e o amor pelo poder."

O homem construiu bombas e tenta dominar o mundo. Por trás de todo esse esforço, está o dinheiro – aquele que manipula e usa o próprio homem, em vez de ser usado por este. Quem é dono de quem? Quem domina e quem é dominado: o dinheiro ou o homem?

Dominar, manipular ou obedecer são invenções de homens escravizados pelo poder de Mamon, os quais não têm forças para se libertar de sua mão ingrata, mantendo-se algemados às correntes de sangue, situação que se agrava na proporção de sua sede de domínio e mando.

Acredito firmemente que a humanidade precisa de um fardo mais leve e de um jugo mais suave: a compaixão. Existe muito sofrimento, e muitas lágrimas já se derramaram mundo afora em nome de políticas fracassadas e de políticos interesseiros.

Homens aparentemente simples procuram votos do povo. Dão as mãos aos pobres e beijam crianças em suas campanhas; prometem o combate à fome e à violência; distribuem misérias, migalhas para os mais miseráveis do que eles, com o intuito de serem, mais tarde, coroados com os louros de César. Assumem o poder e vendem-se pelo preço mais interessante. Juntamente consigo, vendem a terra em que pisam; comprometem as gerações futuras abrindo mão tanto de valores como de riquezas, que deveriam ser administradas pelo povo e seus representantes mais legítimos e valorosos. Traem os tratados e as promessas, negligenciando seu passado de necessidades e de lutas diante dos atrativos do poder, que lhes cega a visão. Entregam à população as sobras, o resto, e consideram que a maioria seja incapaz de raciocinar a respeito de semelhante conduta.

Mas a vida não esquece os dramas perpetrados pela insensatez humana. O povo chora e sofre na esperança de uma vida melhor.

E os cristãos? Formam bancadas no parlamento com ramificações para as demais esferas do poder público, a fim de defender bandeiras e partidos, políticas religiosas e interesses mesquinhos. Esquecem-se de que o Cristo outorgou-lhes um poder temporário para que administrem os interesses de seus filhos tão sofridos. Precisamos compreender que o maior de todos é aquele que serve a todos, e não o que é servido.

Compaixão! É por ela que clama toda a gente. Só inspiraremos as pessoas a sorrir quando trabalharmos diariamente para que o povo tenha o mínimo de dignidade e alcance um padrão de vida que faça os mais fracos se sentirem dignos, que resgate a dignidade daqueles que já perderam a esperança no ser humano.

Ah! Como é duro ver corações desesperados que perderam a fé no ser humano e na vida. Em minhas caminhadas pelo mundo, vi olhos vitrificados pela fome de justiça;

presenciei pessoas morrendo de sede de água e de bondade. E vi cristãos, muitos cristãos, dando receitas de paz para os outros seguirem, a cruzar os braços para não se misturar ou se contaminar com a miséria alheia.

Nem um sorriso para os desesperados, nem uma luz de esperança para os aflitos; apenas promessas e orações decoradas, frases rabiscadas em pedaços de papel e entregues a quem não sabe ler. Pois é! A maioria não recebeu sequer a educação básica e não sabe ler; não aprendeu a raciocinar e é como um bando de cegos, guiados por outros cegos – os políticos dos gabinetes e os políticos do cristianismo, que pensam poder construir um mundo novo sem se envolver com o povo.

Creio sinceramente que precisamos deixar de lado os arremedos de santidade e cristandade e tomar da enxada e da vassoura em nossas mãos, indo ao encontro daqueles que dizemos querer ajudar. Uma ação vale muito mais que milhares de palavras bonitas e ditas nas tribunas do orgulho humano.

Ainda quero ver os cristãos deixarem de lado sua pompa, seu terço, suas ave-marias e ladainhas e saírem pelas ruas numa procissão diferente, colocando em prática o que o Evangelho ensina há 2 mil anos. Pessoalmente, entendo que, transcorridos esses dois milênios de história cristã, o que a religião produziu de melhor foram crianças espirituais, paralíticos do espírito que pensam agradar a Jesus com palavras vazias e promessas vãs.

Levemos o sorriso verdadeiro; inspiremos o sorrir, e não as risadas de desespero naqueles que esperam de nós uma só migalha daquilo que estudamos e aprendemos nas missas, nos cultos e nas reuniões de estudo do Evangelho. Apenas uma migalha, mas bem administrada, vivida, será capaz de transformar o panorama do mundo e despertar esperança nos corações dos que sofrem.

Uma noite eu tive um sonho, no qual via Jesus descendo dos céus em direção à Terra, enquanto os cristãos sonhavam em subir para os portais do paraíso. Em meu sonho perguntei ao Nosso Senhor aonde ele ia, ao que me respondeu:

– Fazer aquilo que meus seguidores não fizeram, Teresa.

– O que seus seguidores não fizeram, meu Senhor? – tornei a perguntar.

E ele, com lágrimas nos olhos, disse-me:

– Levedar a massa com os princípios do Evangelho. Vou procurar as multidões, os famintos de Deus e de justiça; andarei pelas ruas do desespero e caminharei nas vielas da angústia e da solidão. Enquanto isso, meus seguidores descansam no paraíso ilusório de suas moradas e no cárcere de suas consciências hipnotizadas pelos conceitos forjados de uma filosofia anticristã.

Senti vergonha da situação e desde então tenho me

dedicado a visitar os mais pobres e os desesperados, na esperança de despertar um sorriso verdadeiro naqueles que têm sede de Deus. Estou até hoje na luta com aqueles que estão cansados de sofrer. Se eu notar que não posso fazer mais nada por alguns deles, abraço-os e transmito-lhes um sorriso. Rezo baixinho para que, algum dia, a política humana se transforme numa política divina e para que os cristãos tenham mais coragem de se expor, em vez de ficarem brigando para ver quem tem direito a um pedaço maior do céu ou esperando o mundo acabar para se verem livres da obrigação de fazer alguma coisa em prol daqueles que sofrem. Preferem transferir toda a responsabilidade a Deus – que Ele faça tudo! –, para que eles, os cristãos, descansem em paz, vítimas da ilusão de suas consciências, que estão embriagadas com as lágrimas dos convidados de Jesus.

"SENHOR, AJUDE-NOS A VER SUA CRUCIFICAÇÃO E RESSURREIÇÃO COMO EXEMPLO.

"Exemplo de como suportar e aparentemente morrer na agonia e no conflito da vida diária, para que possamos viver mais intensa e criativamente."

A vida de Cristo foi muito mais do que um teatro encenado para sensibilizar a humanidade. Os homens religiosos converteram o derradeiro momento da crucificação de Nosso Senhor em emblema de sofrimento constante, e seu sangue, em elemento místico capaz de embriagá-los na ilusão de um fanatismo e um extremismo incompreensíveis.

Que Deus nos ajude e nos acuda para que possamos fazer uma releitura da vida de Cristo. Sua ressurreição é incentivo e exemplo para todos que querem lutar por um mundo melhor. Sua vida, e não apenas sua morte, mas principalmente seu modo de viver constitui-se em exemplo de fé, abnegação, inconformação com a injustiça, envolvimento social e revolução conceitual. Ah! Como nós que nos dizemos cristãos precisamos aprender muito mais sobre o viver de Jesus.

Quem sabe careçamos reciclar nosso conhecimento, refazer nossas interpretações, que estão muito fantasiosas, e trabalhar mais, por um mundo mais justo e fraterno? Encastelamo-nos em igrejas e catedrais e criamos retiros, afastando-nos do convívio sagrado com o mundo. Esquecemo-nos de que Nosso Senhor comparou os fiéis representantes do reino dos céus ao fermento[18] nas mãos de uma mulher. Se mereceram tal comparação, é para que acreditemos no poder do envolvimento; é para que empreendamos ações transformadoras e redentoras, mas em meio ao povo, e não nos gabinetes e nos altares que criamos para incensar os ídolos humanos e os modernos deuses das multidões.

Sim! Criamos deuses humanos entre aqueles que dizem representar o Cristo. Muitos almejam os aplausos que

---

[18] Cf. Mt 13:33; Lc 13:21.

os façam se sentir no centro das atenções e com frequência disputam entre si os primeiros lugares e os convites para congressos, encontros ou concílios onde se reunirão representantes falidos do povo e das religiões, os quais se mostram disfarçados de enganosa santidade. E ainda alegamos fazer isso em nome de Jesus, de sua doutrina e da divulgação da mensagem libertadora. Serão essas mesmas as nossas intenções?

Acredito sinceramente que precisamos nos tornar mais semelhantes a Cristo em suas ações, envolver-nos com o povo, e não buscar o incenso da ilusão, que é ministrado no altar de nossas pretensões. Precisamos entender o verdadeiro sentido do morrer e do renascer de Cristo tanto quanto de seu modo de vida e de suas atitudes revolucionárias. O mundo clama por pessoas autênticas, que ajam de forma coerente com a mensagem que julgam defender e pregar.

Encobrimos nossa incapacidade de amar com nomes modernos, pomposos, e dizemos que o Evangelho foi reescrito pela modernidade de certas descobertas e ciências. Redefinimos os conceitos mais simples trazidos pelo Senhor e os ilustramos com palavras e vocabulário politicamente corretos, deixando de lado a face revolucionária que caracterizou o Cristo e sua vida. Modernizamos o Evangelho?

Deus me livre de cruzar os braços e hipnotizar meus sentidos a ponto de afirmar que estou relendo o Evangelho sob um prisma mais moderno. Acredito e vivo de tal maneira que Cristo seja tudo em mim e para mim. Entrego-me a cada dia e rezo; rezo intensamente para entender mais e com maiores detalhes qual seja a vontade de Deus em minha vida. Porém, apesar dessa atitude mental, interna, peço sempre a oportunidade de trabalhar, de me envolver, de participar, no meio do povo de Deus que está, já há 2 mil anos, aguardando as migalhas do nosso amor.

Todos temos nossos conflitos e desafios, mas será que eles se resolverão com palavras vazias de significado? Honestamente: precisamos pagar terapias e terapeutas tão necessitados quanto nós para nos dar lições que Cristo já ministrou há 2 mil anos? Acho, e digo com bastante franqueza, que a medida do fracasso da religião se mede pela quantidade de clientes nos consultórios psicológicos da atualidade[19]. Este, o maior atestado da pobreza espiritual e da incapacidade da religião em desempenhar o papel que lhe cabe. Criamos diversos cursos de autoajuda; reinventamos o Evangelho com vocabulário moderno e demos uma cadeira nas academias àqueles que afirmam poder ajudar as multidões, mas que

---

[19] Evidentemente, a autora não está diminuindo o valor do auxílio terapêutico, e muito menos afirmando que aqueles que não procuram ajuda psicológica estão em melhor situação que os demais. O fato realçado por ela é que as religiões não têm sido capazes de nos ajudar a ser pessoas melhores e mais felizes.

se mostram internamente tão desgraçados e desesperados como a maioria.

"Que é isso, Teresa? Suas palavras me parecem duras!" – alguém provavelmente dirá. Sim, são tão duras quanto a realidade humana. É certo que o mundo evoluiu; ainda assim, o homem continua necessitando de Jesus na mesma medida daqueles que viveram há 2 mil anos. Não precisa de um salvador, que distribua fragmentos de ilusão ou que barganhe pedaços no céu; o homem carece é da simplicidade de uma vivência cristã. O ser humano tem sede de justiça divina e deve urgentemente se jogar, abandonar-se nos braços de Jesus, tornando-se simples criança, ou melhor, reconhecendo e assumindo sua realidade de criança espiritual.

Somente morrendo com Cristo a cada dia deixaremos de reinventar o Evangelho com conceitos incompreensíveis para a multidão e para os mais simples; somente assim ressuscitaremos com ele, Jesus, para a claridade do amor – do amor-perdão, do amor filial, familiar, do amor pela pátria e pela Terra. Precisamos ressuscitar, mas, a fim de que ressuscitemos, teremos de aprender também a morrer e como morrer. Uma vez que transformamos o martírio de Jesus num símbolo da religião falida e o crucificamos a cada dia em nossas pregações e atitudes, muito mais devemos aprender acerca do que significa de fato morrer com ele, de modo que renasçamos para a realidade da vida que Cristo nos legou.

Digo sempre que o Evangelho é um legado, uma carta de alforria espiritual, um testamento deixado por Cristo e endereçado àqueles que lutam, cansados da mentira, de sofrer e de esperar. Portanto, aprendamos nossa missão enquanto é tempo: morrer com Cristo e ressuscitar urgentemente para uma vida participativa, de envolvimento, que se traduz numa luta consciente por um mundo melhor.

"O SENHOR NÃO DARIA BANHO EM UM LEPROSO NEM POR UM MILHÃO DE DÓLARES? EU TAMBÉM NÃO. SÓ POR AMOR SE PODE DAR BANHO EM UM LEPROSO."

É tempo de refazer os conceitos e atitudes dos cristãos em relação ao bem que se faz e ao bem que se deseja fazer. Analisar a motivação íntima para a realização do bem maior sem pieguismo, sem emocionalismo e mesmo sem subterfúgios para acobertar interesses de qualquer procedência.

Quando falo dessa necessidade de analisar as motivações da pessoa ou instituição que pretende fazer o bem e a suposta caridade, é porque há muito religioso[20] por aí que está se beneficiando da aura do bem, como se fosse desinteressado, mas, na verdade, está tirando proveito da situação, acima de tudo do *status* e de outras vantagens que envolvem a chamada caridade. Parece-me que os cristãos conseguiram

---

[20] Impossível não relacionar a grave verdade enunciada nas palavras da autora com semelhante alerta constante do Evangelho e que, frequentemente, passa despercebido. Disse Jesus, ao discorrer sobre os falsos profetas: "Muitos me dirão naquele dia: Senhor, Senhor, não profetizamos nós *em teu nome*? E *em teu nome* não expulsamos demônios? E *em teu nome* não fizemos muitos milagres?". Ora, quem consagra suas ações ao Senhor – *em teu nome*, repete-se – são justamente os religiosos! O versículo seguinte é peremptório: "Então lhes direi abertamente: Nunca vos conheci. Apartai-vos de mim, vós que praticais a iniquidade!" (Mt 7:22-23 – grifos nossos).

Há outra passagem ainda mais cristalina, em que Jesus conclui reiteradamente: "Em verdade vos digo que já receberam a sua recompensa" (Mt 6:5). Assegura tal juízo justamente para aqueles que adotam gestos nobres: praticam

vulgarizar tanto as palavras *amor* e *caridade*, que elas hoje não traduzem mais os conceitos anunciados e empregados por Nosso Senhor, quando de sua passagem pela Terra.

    Queria ver fotografias dos líderes religiosos e dos fazedores de caridade estampadas ao lado da figura do Nazareno, em meio aos pobres e humildes. Será que veríamos alguma diferença marcante entre as duas imagens? Que se ponham lado a lado imagens de Jesus e da suntuosidade dos trajes e adereços papais; da manjedoura na estrebaria e da Santa Sé, em todo o seu esplendor e riqueza. Como conciliar o ícone religioso, que adentra Jerusalém[21] montado num jumento, com lideranças que clamam representá-lo envergando pesada e opulenta joalheria, além de tecidos caríssimos,

---

"atos de justiça", "dão esmolas", oram ou jejuam – porém o fazem "para serem vistos pelos homens" (Mt 6:1-2,5,16, respectivamente). Vê-se aí o grande peso que têm as *motivações* que levam à prática da caridade, conforme ressalta a autora.

[21] A chamada "entrada triunfal" em Jerusalém – no domingo que antecede a morte de Jesus, conhecido como domingo de Ramos – é descrita pelos três Evangelhos sinóticos (Mt 21:1-11; Mc 11:1-10; Lc 19:28-44), bem como por João (Jo 12:12-19). Sua grande importância para a tradição, conforme anotado especialmente por Mateus (Mt 21:4-5), deve-se ao fato de cumprir detalhes da profecia anunciada cerca de 500 anos antes: "Alegra-te muito, ó filha de Sião! Exulta, ó filha de Jerusalém! Vê! O teu rei virá a ti, justo e Salvador, humilde, *montado em jumento, num jumentinho*, filho de jumenta" (Zc 9:9 – grifo nosso).

sofisticados, cujos bordados e paramentos consomem quilômetros e mais quilômetros de fios de ouro?

Faz-se caridade muitas vezes por obrigação religiosa, com a pretensão de salvar o pobre da opressão. No entanto, considero urgente a revisão dessa forma de agir, que mantém o pobre na dependência social e econômica daquele que intenta ajudá-lo. Que tipo de ajuda é essa em que se distribuem cestas básicas, mantimentos e água, mas não se procura dignificar o ser humano? Que tipo de bem se pretende fazer quando se pode fazer muito mais, além do simples alimento, dando educação, trabalho e, sobretudo, dignidade humana?

Talvez me perguntem: "Teresa, você não está sendo muito exigente com os cristãos e com os governantes?". Entretanto, só posso constatar que é Jesus quem é exigente com seus emissários. Quanto a mim, apenas instigo à reflexão: estamos realizando uma obra educativa ou fazendo média, utilizando um paliativo que ostenta nossa pretensa bondade e alimenta a miséria social?

Recebo notícias sobre a construção de moradias para os pobres e vejo como louváveis as atitudes quase generosas de alguns políticos, partidos e agremiações sociais ou religiosas, que erguem palafitas em meio às cidades e empoleiram pessoas como num ninho de pássaros feridos pela miséria. Passam-se os anos, e, ao se visitarem esses mesmos lugares, costuma-se ver lá o reflexo da falta de educação para viver em comunidade. Dão-se alimentos, pratos de sopa, como se sopas fossem suficientes para acabar com a fome no mundo. Isso é louvável, eu sei. Contudo, cogito comigo mesma se estamos agasalhando a miséria para embotar nossa consciência religiosa ou se estamos fazendo a caridade legítima, a que Cristo pregou.

Falo da necessidade de educar o ser humano, aquele mesmo que julgamos necessitado, para viver com qualidade. Educação para a saúde, evitando-se o desperdício dos recursos públicos no acobertamento da miséria. O sistema precisa ser reciclado imediatamente, pois considero compromisso com Cristo e com o mundo a promoção da caridade com efetiva qualidade.

Muito se tem feito para matar a fome e mitigar a sede de populações de seres humanos pelo mundo, é verdade. Inúmeras iniciativas são veneráveis, no que concerne ao amparo da pobreza. Porém, será que não poderíamos trabalhar com mais inteligência, a fim de eliminar a pobreza com investimento na educação? Quem sabe, junto com o prato de sopa, a cesta básica, o salário-família, a bolsa-família, poderíamos investir na educação, na abertura de novos campos de trabalho, em vez de lançarmos mão da pretensa caridade para promoção pessoal?

É forçoso constatar: somente a motivação do amor

verdadeiro poderá fazer a caridade verdadeira. Sem amor,[22] a maior caridade não passará de serviço social ou paternalismo assistencialista. Caridade verdadeira, amor verdadeiro é aquele que transforma, não aquele que mantém a miséria à custa de migalhas diárias, quando se pode investir mais na criatura humana, dando dignidade e promovendo o ser a cidadão do mundo, com maior qualidade de vida.

Iniciativas governamentais seriam louváveis caso não tivessem por objetivo central o ganho de votos, o desejo de perpetuar-se no poder, de angariar pontos na mídia; em suma, de esconder-se atrás da esmola social para autopromover-se. E o que é ainda mais grave: há muitos cristãos também fazendo exatamente isso.

Cristãos há que só fazem o bem para aqueles de sua religião. Então, que bem é este que faz acepção de pessoas?[23]

---

[22] Novamente, a autora faz referência a um preceito bíblico fundamental. Desta vez, a um dos trechos mais célebres do apóstolo Paulo, mas que vale reproduzir aqui por sua grande pertinência à discussão em andamento: "E ainda que distribuísse toda a minha fortuna para o sustento dos pobres (...), *e não tivesse amor*, nada disso me aproveitaria" (1Co 13:3 – grifo nosso).

[23] O Sermão da Montanha aborda o tipo de caridade exaltada por Jesus: "Se amardes os que vos amam, que recompensa tereis? Até os pecadores amam os que os amam. Se fizerdes o bem aos que vos fazem o bem, que recompensa tereis? Até os pecadores fazem o mesmo" (Lc 6:32-33).

Como posso ser feliz em plenitude se minha consciência me acusa de não haver feito todo o bem que posso fazer? Como dizer que sigo a Cristo se ignoro aquele que tem o casebre destruído ou se lhe falta pão à mesa? Pois bem! Muita caridade por aí é apenas ostentação, sem real motivação do amor.

Ao mesmo tempo, fico me perguntando como posso tirar férias no paraíso ou no mundo espiritual enquanto houver uma lágrima ou alguém a passar fome.

Esperam que os céus estejam cheios de seres luminosos, de anjos ou espíritos puros? Estão enganados aqueles que assim pensam; terão enorme decepção ao cruzar os umbrais da vida. Os céus estão vazios, pois aqueles que são os verdadeiros servidores do Pai retornaram para dar as mãos àquelas almas que vivem na desilusão, na escuridão, na carência absoluta de educação.

Eu não conseguiria ficar de braços cruzados entre anjos e santos, inativa, usufruindo da ociosidade cristã, assistindo a milhões de pessoas em desespero na África, na Índia, no Ira-que, no Afeganistão ou em qualquer outro lugar. Também não voltaria para abraçá-los ou para chamar os cristãos à luta se não fosse motivada pelo amor verdadeiro e desinteressado.

Não há como abraçar um leproso, beijar um enfermo e dar as mãos aos caídos se não for por amor.

Não falo de um amor que se autopromove, que não passa de recurso social para o indivíduo aparecer na mídia e angariar votos e aprovação popular, de modo que se torne conhecido como generoso, caridoso ou coisa semelhante; que, de tanto usar e vulgarizar o nome do amor, transformou-o em algo inominável. Falo do amor genuíno, da expressão de bondade legítima que irradia da pessoa que pratica o verdadeiro bem sem ostentação, escondendo-se por trás da verdadeira realização.[24]

Recordemos ainda aquela migalha que todos somos capazes de oferecer, suprema forma de caridade e amor: o silêncio ante a calúnia; a resposta certa ante o alastramento do mal; o dizer *não* na hora em que for preciso, não sendo conivente com o erro, e o *sim* quando for adequado; além de fazermos o que podemos pela própria família, pelos irmãos mais próximos que Deus colocou ao nosso lado.

Enfim, não é preciso ir muito longe – nem à África e nem à Índia – para fazer o bem. Comece distribuindo as migalhas, as gotas do seu amor ao redor de si. Num lugar onde você não se autopromoverá, onde não houver mídia para alardear nem ninguém para aplaudir. Comece exatamente onde você está e já terá feito muito por si próprio – e certamente alguma coisa pelo mundo.

---

[24] Vem à tona a recomendação de Jesus: "Mas, quando tu deres esmola, não saiba a tua esquerda o que faz a tua direita, para que a tua esmola seja dada secretamente. Então teu Pai, que vê em secreto, te recompensará" (Mt 6:3-4).

"POR VEZES SENTIMOS QUE AQUILO QUE FAZEMOS NÃO É SENÃO UMA GOTA DE ÁGUA NO MAR. MAS O MAR SERIA MENOR SE LHE FALTASSE UMA GOTA."

Todo trabalho que possamos fazer em benefício da humanidade ainda é pouco se consideramos a distância que falta para que o mundo se torne um lugar melhor e mais cristão – mais cristão na vivência dos preceitos ensinados por Nosso Senhor, e não no proselitismo religioso. No entanto, o pouco que está a nosso alcance realizar, em qualquer instância onde atuemos, é suficiente para transformar o panorama a nosso redor, o ambiente em que vivemos. Inaugurar esse caminho em casa, junto à família, aos amigos e àqueles que amamos, é um treino para o amor maior que um dia conquistaremos, para a glória da humanidade. Esse treino para o amor é uma obra diária, é algo que qualquer pessoa pode fazer, a começar pela compreensão no trato com aqueles que estão bem próximos de nós.

Que acha de iniciar assim? Procurar compreender o ser humano que se disfarça na feição de pai, mãe, irmão ou daquele vizinho mais próximo. Treinamento para o amor é apenas uma gota no oceano da eternidade, eu sei... Mas a própria eternidade é feita de pequeninas porções de tempo, da sucessão de minutos e segundos, os quais, somados, se perdem na imensidade do eterno. O bem e o amor também são assim. Somados os pequenos gestos e esforços de cada um, daremos corpo a uma versão menor daquele bem maior que Cristo pregou e viveu no mundo.

E se cada um resolvesse adotar uma criança, mesmo

que não a abrigássemos em nossos lares, mas que a adotássemos, no que tange ao incentivo à educação, ao apoio necessário, sustentando-a nos primeiros passos de sua caminhada no mundo? Construiríamos um mundo novo, através de um ser humano mais digno, se assim o fizéssemos. E nem me refiro exclusivamente ao sustento financeiro.

Quem sabe quando aprendermos a conversar com aquele que passa na rua, oprimido e desiludido com a situação social e a penúria em que se encontra, nós mesmos não nos transformaremos num ser humano melhor?

O bem que fazemos ao semelhante é bom para nós, antes de tudo. Não pense que esteja fazendo o bem para o próximo nos ensaios de caridade que aprende nas religiões cristãs. Você faz bem a si próprio, pois todo esforço que empreendemos a fim de deixar nossa situação de ociosidade espiritual beneficia sobretudo a nós mesmos. O bem se inicia de forma verdadeira somente quando ultrapassamos os limites da obrigação social e humanitária[25] e passamos a viver com naturalidade e espontaneidade aquilo que em

---

[25] É clara a correspondência do pensamento da autora com a afirmativa de Jesus: "Pois vos digo que se a vossa justiça não exceder a dos escribas e fariseus, de modo nenhum entrareis no reino dos céus" (Mt 5:20). É importante notar que escribas e fariseus eram justamente os cidadãos mais zelosos no cumprimento da lei e dos mandamentos judaicos.

nosso vocabulário denominamos amor.

Por isso, o apóstolo Paulo escreveu, num dos mais admiráveis trechos das Escrituras:

"Ainda que eu falasse as línguas dos homens e dos anjos, e não tivesse amor, seria como o metal que soa, ou como o sino que tine. Ainda que eu tivesse o dom de profecia, e conhecesse todos os mistérios e toda a ciência, e ainda que eu tivesse toda a fé, de maneira tal que transportasse os montes, e não tivesse amor, nada seria. E ainda que distribuísse toda a minha fortuna para o sustento dos pobres, e ainda que entregasse o meu corpo para ser queimado, e não tivesse amor, nada disso me aproveitaria".[26]

Nem mesmo distribuir a fortuna aos pobres ou oferecer o corpo para ser queimado, tampouco conhecer todos os mistérios do mundo – isso nada seria sem a motivação do amor. Considerando suas sábias palavras, podemos entender que distribuir bens aos pobres, alimentar famintos ou amparar oprimidos é apenas uma obrigação social; uma dívida de gratidão que temos com a humanidade. A caridade legítima e o amor verdadeiro terão início tão somente *após* realizarmos nossa obrigação humanitária. Aí, sim, nossas migalhas de amor e caridade começarão a frutificar para a vida eterna.

[26] 1Co 13:1-3.

Contudo, se ainda não podemos viver o amor em plenitude, se ainda estamos distantes de fazer o bem no seu sentido evangélico e cósmico, principiemos com simples empreendimentos pessoais e ensaiemos o bem verdadeiro. Nossa gota de participação será, no mínimo, valiosa para nós mesmos, transformando-nos em cidadãos honrados e pessoas melhores. Se nem isso for possível, se tal estado de satisfação não for alcançado por nossos esforços diários, tais ensaios de amor e gotas de bondade certamente servirão para acalmar nossas próprias consciências, que cobram de nós maior participação na construção de um mundo melhor.

Falar de amor é muito bonito; dizer que se está fazendo caridade dá *status* nos relacionamentos sociais; participar de alguma organização humanitária traz uma aura de bondade que, embora irreal, acaba por promover o ser que se habilita ao trabalho benemérito. Porém, viver a gotinha de amor com o máximo de intensidade, praticar o bem na plenitude do que essa palavra significa, é algo que todos podemos fazer sem que os periódicos anunciem, sem aparecer nas manchetes ou receber elogios de quem quer que seja.

O bem pelo bem, feito sem que ninguém saiba ou sem propagandear uma santidade que ainda não temos, é divino. Embora seja algo que se constitui simplesmente em gotas de nossa alma a verter sobre a alma do próximo, são gotas que formam um oceano profundo. E esse bem em migalhas carrega a força do amor, que é capaz de transformar o ser humano, transformando o mundo – tanto seu mundo íntimo quanto o mundo mais amplo, no qual estamos inseridos em trabalho permanente.

Portanto, experimente fazer algo de bom no anonimato. Tenha a coragem de realizar algum gesto admirável sem que ninguém saiba. Sinta o prazer, a satisfação de ser aquela gota no oceano do amor de Deus que dá qualidade onde cai, que leva mudança e progresso, saúde e educação, paz e realização. Essa é a verdadeira espiritualidade.

"QUANDO DESCANSO? DESCANSO NO AMOR."

M eu Deus! Vejo muitos cristãos por aí querendo dizer que estão cansados, sobrecarregados e que, por isso, merecem férias, descanso das atividades do bem. Será que o bem tira férias?

Quero analisar aqui não o fato de que o ser humano precisa ter algum tempo de repouso ou momentos de lazer. Mas o fato de que, onde estivermos e como estivermos, temos a obrigação cristã de sermos referência de bondade, equilíbrio, sabedoria e compaixão. Não são férias ou períodos de repouso que nos livrarão da incumbência de estarmos atentos ao mundo, às questões sociais que nos envolvem e que se alastram em torno de nós; não tiramos férias da vigilância espiritual nem da bondade.

Muita gente acha que pode tirar férias do bom senso. Esperam ansiosamente qualquer feriado, dia santo ou recesso de fim de ano para se desobrigar das tarefas mais simples do cotidiano – como, por exemplo, a caridade que fazem por si mesmos ao vigiar-se intimamente, a fim de manter a serenidade da alma ou um estado interior de segurança e equilíbrio. Intentam fazer nas férias tudo aquilo que não fizeram ao longo do ano letivo ou de trabalho dito cristão.

Prenderam-se e encaixotaram-se durante prolongado tempo, de tal maneira que as atitudes de pretendida santidade acabam se revelando, na verdade, produto do estrangulamento das paixões ou do que se poderia chamar de suicídio emocional planejado. Ao aproximar-se um período de descanso um pouco mais extenso, paixões e desejos irrompem da alma feito um tumor, porque é suspenso, durante aqueles dias, o compromisso moralista que, em circunstâncias normais, determinaria a contenção dos limites. Essa irrupção do vulcão interior manifesta-se geralmente com desastres morais, que, mais tarde, ocasionarão comportamentos castradores no cotidiano, além de trazer a culpa, em razão da consciência pesada. Tudo se dá de modo que as férias se tornam apenas o momento no qual as represas da alma abrem suas comportas para a avalanche de emoções que alguns cristãos se permitem ter, como um direito que reivindicam para si, a fim de viver *sem amarras*, conforme julgam.

Penso como estão enganados em sua busca por espiritualidade aqueles que assim se comportam. Não digo que estejam errados em se soltar, em aproveitar o mundo, como pensam durante as supostas férias da vivência espiritual. Creio que estão equivocados mesmo é com relação a seu conceito de espiritualidade. Como se viver a vida cristã fosse algo à parte da vida mundana! Aí sim, adotando-se esse entendimento, férias, feriados e quaisquer outros momentos de descanso tornam-se fator de relaxamento das amarras da consciência. Como se vê, o que exige reciclagem não são as férias nem a concepção de descanso e daquilo que fazemos nas ocasiões em que somos nós mesmos. A urgência está em rever o conceito de vida cristã, de busca por espiritualidade.

É impensável divorciar nossa vida espiritual de nossa vivência mundana... Por isso eu digo que descanso no amor. Tanto no amor que me refaz – dedicando os poucos momentos que tenho às minhas reflexões, a fim de que possa me cuidar mais e, portanto, ter maior qualidade de vida – quanto para viver as lições de amor sem a pressão de tempo ou sem a pressão oriunda das necessidades que o próximo, com suas exigências habituais, costuma impor.

Descansar não é tirar férias dos compromissos com Cristo. Lazer não é pretender libertar-se da segurança íntima, tão necessária ao nosso equilíbrio. Lembramos Nosso

Senhor quando nos aconselhou a orar e vigiar,[27] pois não estamos a passeio no planeta Terra. Podemos até ter ou usufruir determinados momentos de lazer e de refazimento energético, visando retemperar-nos em ambientes diversos daquele onde trabalhamos. No entanto, não nos enganemos: isso não equivale a tirar férias; ao menos não de acordo com o conceito amplamente difundido pelo mundo, de uma libertinagem ilusória.

O descanso do verdadeiro discípulo de Jesus consiste em uma vivência superior, saudável e com qualidade, tendo em vista a espiritualidade na sua acepção mais ampla, com maior compromisso. Ninguém imagine ser possível deixar de lado ou nos esquecer das responsabilidades assumidas perante Nosso Senhor e, assim, afundar-nos no precipício dos desequilíbrios internos. Não é dessa maneira que se dá o descanso do cristão. É preciso revisar também esse conceito.

Podemos relaxar usufruindo boas coisas, repletas de beleza, admirando a estética da vida e envolvendo-nos em outros círculos de vivência social sadia. Apesar disso, não pense que a necessidade tira férias, que os pobres deixam de sentir fome durante seu repouso ou que os seres sublimes ficam nos aguardando de braços cruzados enquanto viajamos... Tampouco que as sombras do mundo inferior

---

[27] Cf. Mt 26:41; Mc 13:33; 14:38; Lc 21:36, entre outros versículos.

entram em recesso enquanto estamos na praia, nas montanhas ou em qualquer outro lugar, gozando instantes de ócio ou contemplação. A ociosidade deve ser produtiva, quer seja em reflexões, em ganho de saúde mental e emocional, quer seja em vivências tão boas, tão satisfatórias quanto elevadas.

Ouvir música, entrar em sintonia com a natureza, envolver-se com pessoas e situações bonitas são elementos necessários para qualquer um que está inserido no contexto da vida no planeta Terra. Não obstante, essas vivências não significam abandono de compromisso ou afrouxamento dos laços que nos ligam à vida espiritual. Ao contrário, são extensão de nossa busca por espiritualidade. Ver o mundo, admirar as coisas boas e belas que existem – e, no linguajar da atualidade, curtir a vida –, bem como apreciar o belo e as sensações nobres advindas dessas experiências também é espiritualidade.

Eis por que digo, do fundo da alma, que descanso no amor. Posso, durante as férias comuns a todos, exercitar a gentileza, a delicadeza, ou mesmo servir de referência quando usufruo o lazer. Posso, ao terminar minhas férias, deixar o rastro do bem, as migalhas do bom senso ou as sementes da paz. Tudo isso é possível quando, em nossa compreensão de espiritualidade, abarcamos a vida inteira, em toda a sua amplitude – e não somente no aspecto religioso. Ninguém que se diga cristão está isento de viver no mundo representando a Cristo, onde, quando e como estiver.

"TODAS AS NOSSAS PALAVRAS SERÃO INÚTEIS SE NÃO BROTAREM DO FUNDO DO CORAÇÃO. AS PALAVRAS QUE NÃO DÃO LUZ AUMENTAM A ESCURIDÃO."

A palavra, o verbo e o vocabulário devem ser refinados, compreensíveis e acessíveis, a fim de que façam luz com inteligência. Se me permitem desenvolver esse conceito, vou me referir àqueles cristãos que querem agradar ao grande público e, para tanto, utilizam-se de conceitos complicados e de vocabulário complexo, que julgam requintados, mas que não atingem o coração, a alma. Isso porque a enorme massa de habitantes da Terra nem sequer conhece as palavras utilizadas nesses discursos, tampouco sabe usar termos adequados que exprimam seu pensamento. Portanto, quando falo de fazer luz com inteligência é porque a palavra precisa cumprir a função para a qual foi criada – comunicar-se.

A palavra é a expressão do pensamento e, como tal, deve ser de acesso amplo e irrestrito. Não defendo que devamos adotar este ou aquele vocabulário para nos fazer compreender, embora deseje apresentar a seguinte proposição àqueles que zelam pelo compromisso cristão: que tal adotarmos o modelo utilizado por Cristo, que, com o uso que fez da palavra, conferiu aos seus ensinos finalidade educativa de tamanho alcance?

Certamente ele, o grande educador, poderia ter adotado linguajar mais elegante, com expressões sofisticadas, de caráter menos usual, e que soasse incomum aos habitantes da Palestina – em sua absoluta maioria iletrados e desprovidos de cultura. Entretanto, Nosso Senhor elegeu palavras que lhe permitissem ser compreendido nos lugares por onde passou. Falou a língua do povo, embora se referisse a assuntos celestes e vivências sublimes. Não encontramos em seu vocabulário nenhuma expressão que não seja compreensível tanto ao ignorante quanto ao letrado. Os conceitos mais elevados a respeito de espiritualidade foram expressos por ele de maneira que qualquer um pudesse entendê-los.

Quando fui convidada a escrever – quando me disseram que os mortos também falam, escrevem e se comunicam com os que se dizem vivos –, procurei por toda parte alguém que me pudesse perceber os pensamentos. Visitei religiosos que poderiam ser meus intérpretes, acheguei-me a pessoas que se diziam médiuns. No entanto, minhas palavras ficaram comprometidas com a tentativa de alguns de pôr em minha boca determinado vocabulário que não utilizei em momento algum. Rechearam minhas palavras de tamanha complexidade, tentando me fazer ser aquilo que nunca pretendi! Alguém por aí ainda me disse com o pensamento algo como: "Mas você é um espírito superior; terá, então, de usar sintaxe e termos compatíveis com sua posição".

Meu Deus, que fizeram esses homens dos seres que foram apenas homens? Querem transformar-nos em santinhos beatificados pelas concepções religiosas que já se mostraram falidas nos últimos 2 mil anos. Por que eu, que falei tanto aos simples quanto aos homens de poder do mundo, sempre usando palavras simples, sem complicações no vocabulário, terei de voltar ao mundo usando uma linguagem rebuscada, que poucos entendem? Se, em meus encargos de serva da humanidade, empreguei a palavra compreensível, sem obscuridades, não vejo por que devo modificá-la a tal ponto que os simples não me compreendam.

Não sei o que os modernos cristãos andam fazendo com aqueles que julgam superiores – mas que, no fundo, não passam de seres humanos sem corpos físicos. Põem em sua boca um palavreado tão complicado, tão complexo, a ponto de ficarem parecendo até mais elevados do que o próprio Cristo, que não agiu assim.

Por que eu deveria desejar distanciar-me do povo?

Aprendi com o tempo de peregrinação pelo mundo que, quanto mais complicadas e sofisticadas as palavras empregadas por alguém, mais se prestam a mascarar a situação real e verdadeira, que o indivíduo teme seja descoberta. Eis uma verdade que nunca falhou. O verdadeiro sábio fala de coisas elevadas, de conceitos mais amplos e do mundo espiritual com palavras que são acessíveis tanto ao doutor quanto ao ignorante.

O mundo não precisa de complicações. Precisamos aprender a simplificar as palavras tanto quanto as atitudes. Em minhas meditações, imagino Cristo quando veio ao mundo. Ele trouxe uma verdade, uma ciência do bem viver, uma ciência comportamental. Ao mesmo tempo, Nosso Senhor veio instaurar uma política diferente. Foi um representante da política divina. Fico a imaginar se ele tivesse feito suas pregações ou discursos da política e da ciência que ele veio inaugurar na Terra com um palavreado incomum ou rebuscado. Imagino ainda se, como embaixador de um sistema de governo, quisesse falar aos homens da Terra sobre as coisas de cima ou do céu com um vocabulário próprio de quem mora entre as estrelas. Então, meus irmãos, ele não seria compreendido! Até hoje estaríamos à mercê da nossa ignorância, estudando a etimologia das palavras empregadas por ele. Em vez de entendermos o fundo, o pensamento por detrás das palavras, estaríamos ainda debatendo sobre o que ele quis dizer, cogitando se as expressões pronunciadas eram as mais apropriadas para representar seu pensamento.

Mas, não; Cristo simplificou. Falou de maneira que qualquer pessoa em qualquer época da história pudesse tirar proveito daquilo que disse. Algo que somente as grandes almas conseguem fazer.

Contudo, não quero falar somente da força da palavra em si, nem me ater às complicações que os homens difundiram ao privilegiar um vocabulário considerado sofisticado. Quero dizer da força do verbo quando ele é motivado pelo amor, por um ideal verdadeiro e genuíno.

Muitos pregam palavras vazias, decoradas; copiam outras pessoas e traduzem experiências alheias como se fossem suas, particulares. Assim sendo, não falam do coração, nem de um ideal que lhes seja próprio. Apenas reproduzem ou ecoam, sem o conteúdo da vivência, aquilo que ouviram ou leram e que repetem com um tom pessoal, porém sem alma nem coração.

A palavra, o discurso que queira atingir seu objetivo precisa, a meu ver, estar ancorado num ideal – em certa medida, numa vivência – e ser ao menos verossímil. Quando nos referimos então ao discurso no âmbito do cristianismo, o qual pretende trazer uma política divina ao mundo, então essa vivência e esse ideal assumem papel muitíssimo maior do que as palavras em si.

A força do verbo é algo comparável somente à força da criação, pois foi através do verbo que o mundo se materializou, que as coisas simples e complexas foram elaboradas pela mente de Deus. E, neste momento em que nosso mundo passa por desafios cada vez mais significativos, temos de dar a devida importância ao que falamos e ao que ouvimos, além de aprender a selecionar o que entra em nossa mente.

Não basta pregar; não é o bastante ser orador ou evangelista. Precisamos avaliar se o povo, se os simples que nos ouvem estão apenas extasiados diante das palavras pronunciadas ou se estamos nos fazendo entender efetivamente, isto é, se nossos ouvintes compreendem aquilo que pretendemos ensinar ou comunicar.

"TEMOS DE IR À PROCURA DAS PESSOAS, PORQUE PODEM TER FOME DE PÃO OU DE AMIZADE."

Os pobres podem ser pessoas muito, muito ricas. A pobreza pode ser uma experiência bela quando se consideram as lições que aprendemos com aqueles que estagiam nessa situação.

Há muita gente dizendo que está solitária, que não se sente amada ou que, embora esteja em meio a várias pessoas, mesmo assim se sente abandonada, sozinha, perdida. Fico a me questionar, em minha pequenez, por que essa gente não sai de seu estágio de egoísmo e aprende a buscar outras pessoas que esperam com fome e sede de amor e amizade. Quantas pessoas no mundo aguardam uma visita no hospital, um sorriso entre a multidão ou algum momento em que alguém delas se aproxime para conversar, compartilhar e multiplicar experiências?

    Não acredito que exista solidão no mundo. Ao refletir sobre esse aspecto das emoções humanas costumo chegar sempre à mesma conclusão. O egoísmo pode mascarar a situação, de tal maneira que o indivíduo queira o mundo centrado em si, da forma exata como imagina, na companhia daquele que escolheu. Porém, como, na maioria das vezes, as coisas não são do jeito que desejamos, então há quem diga estar solitário. Acredito que são seres tão exigentes que só aceitam amar do seu próprio modo; só querem o que querem e assim rejeitam a maravilhosa experiência de se envolver com o ser humano, com a pessoa mais simples que passa por todos nós. E a maior parte dos que cruzam nosso caminho aguarda ansiosa uma palavra nossa; está à míngua de uma atitude de nossa parte para que se aproxime e se sinta aconchegada, abraçada. Um gesto apenas – que demonstre solidariedade, compaixão ou respeito –, e o outro se sentirá a pessoa mais importante do mundo.

    Muitos rechaçam a pobreza e os pobres, como se tal situação fosse um defeito de caráter; chega a parecer que os pobres[28] são aleijões da criação. Aqueles que alimentam essa ideia errônea costumam descobrir, mais tarde, que a sofisticação que procuram, a beleza física que desejam ou a sensualidade que indisfarçavelmente lhes chama a atenção são máscaras concedidas pela vida a fim de esconder certas coisas que, caso fossem vistas por nós, nos causariam repulsa ou revolta. Por isso reafirmo que os pobres podem ser muito ricos.

A experiência de amar, de ser amigo e companheiro da pessoa pobre enriquece-nos de aquisições e conceitos que só são devidamente aquilatados quando já vivemos muito e

---

[28] Um dos aspectos que certamente enuncia com eloquência quanto esse repúdio aos pobres está mais enraizado na sociedade do que se costuma pensar é a variedade de sinônimos ou eufemismos criados para se referir a esses cidadãos. Empregam-se tais substitutos muitas vezes de modo irrefletido, uma vez que a palavra *pobre* é considerada deselegante e adquiriu conotação pejorativa ao longo do tempo. Exemplos vão do mais formal *menos abastado* até os coloquiais *humilde* ou *modesto*, que beiram a distorção semântica, pois o indivíduo pobre pode ser orgulhoso e exibido. Há ainda as expressões *de baixa renda*, introduzida pelo discurso politicamente correto, e *menos favorecido*, que parece sugerir que os bens materiais são fruto unicamente de um privilégio, uma concessão a que só os ricos tiveram direito. Seja como for, sem dúvida é inusitado ver a sem-cerimônia com a qual a autora repete à exaustão nestas páginas a palavra *pobre* para fazer menção aos pobres – o que, aliás, já fazia quando encarnada.

despertamos para o valor da qualidade das relações.

    Num mundo em constante crise, seja econômica ou social, ninguém está livre de perder o *status;* ninguém está imune aos vendavais e às transformações. A história, sobretudo recente, é farta de exemplos. Nenhum cidadão, ainda mais no ritmo acelerado em que as mudanças ocorrem na atualidade, pode se sentir plenamente seguro em relação à suposta nobreza, às posses financeiras ou à situação de aparente estabilidade na pirâmide social. Neste momento de crise de valores pelo qual passa a humanidade, todos podem se ver na iminência de trocar de posição, de um instante para outro. Um desce, enquanto quem até então era menosprezado por seu *status* social atinge o cume do sucesso, despertando inveja naqueles que o desconsideravam. Como num jogo de xadrez, às vezes o peão sucede à rainha ou até promove o xeque-mate. Repentinamente, as pessoas podem ter modificada sua realidade socioeconômica, mesmo da noite para o dia.

    Acho que, por esses e outros motivos, Deus pôs os pobres no mundo. Tanto como desafio para os cristãos e religiosos de qualquer latitude do planeta, quanto também como alerta para aqueles que se acham no topo do poder e do sucesso.

    Os pobres podem ser muito ricos em suas vivências.

    E, por falar em ricos: por mais que fique a refletir, tentando recordar alguém de beleza extraordinária ou de posses econômicas a quem a vida tenha concedido uma missão ou que tenha feito algo de fato relevante pela humanidade, por mais que tente, não consigo encontrar essa pessoa nos arquivos de minha memória. Sem dúvida, entre estes há homens valorosos, que realizaram grandes feitos. Porém, em caráter humanitário e verdadeiramente abrangente, de alcance global, não me lembro. Por que será – fico a me indagar – que Deus confiou nas pessoas sem posses, naquelas que não tinham atrativos físicos e que eram tão comuns para serem seus emissários? Será que o Pai tem problemas de administração em seu universo? Talvez desejasse simplesmente dar-nos um recado sem palavras, sem articulação...

Vá em direção ao pobre e descobrirá a riqueza extraordinária que aguarda você. Abrace aquele que anseia por esse gesto de sua parte e aprenderá a verdadeira sabedoria. Tente estabelecer amizade e relacionamento com alguém que você considera pobre e descobrirá por que Deus escolheu os simples e humildes de coração e escondeu a sabedoria dos doutos e daqueles que se consideram inteligentes.[29]

---

[29] A afirmativa muito provavelmente baseia-se na fala de Jesus: "Graças te dou, ó Pai, Senhor do céu e da terra, que escondeste estas coisas aos sábios e inteligentes, e as revelaste às criancinhas" (Lc 10:21). Mateus registra a passagem com ligeira diferença: "Graças te dou, ó Pai, Senhor do céu e da terra, que ocultaste estas coisas aos sábios e entendidos, e as revelaste aos pequeninos" (Mt 11:25).

A maior lição que tive na vida foi depois da vida. Muita gente imaginava que, quando morresse, eu seria recebida diretamente por Cristo. Se isso tivesse acontecido, não saberia o que fazer de tanta vergonha. Como poderia encontrar Cristo, se fiz tão pouco por seus convidados no mundo?

Ainda assim, em minha vida ocorreram alguns fatos interessantes. Certa vez, encontrei numa peregrinação um homem todo coberto de vermes, de sujeira, um verdadeiro trapo humano à beira da morte. Junto a ele, várias criaturas em situação deplorável. Pedi às irmãs que me auxiliavam que tomassem conta das outras pessoas; eu mesma me incumbiria daquele que era o pior caso dentre todos. Removi pacientemente os vermes, aos punhados e depois um a um, amando-o até a dor. Quando terminei, ele me disse: "Irmã, vou morrer como um anjo. Vou para a casa de Deus agora". E morreu ali mesmo. Algumas outras vezes atendi casos semelhantes, de pessoas que morreram em meus braços, enquanto não podia fazer mais nada por elas além de amá-las.

Pois bem, quando chegou minha hora e parti do corpo abençoado que Deus me deu como instrumento de vida, fui recebida por uma multidão de pessoas iluminadas. Não eram anjos, não era Jesus. Eram aqueles pobres da rua, mendigos do amor e da amizade que um dia pensei ter auxiliado. Formaram um caminho cintilante e, de suas antigas chagas, dos locais onde antes havia feridas em seus corpos, agora irradiavam luzes. Foi assim que descobri que Jesus se esconde na simplicidade dos corações mais pobres; que muitos pobres são anjos disfarçados, que vêm ao mundo para nos estimular ao desenvolvimento do amor e das qualidades espirituais que nos elevam. Descobri Jesus em cada rosto, em cada sorriso, em cada pessoa que abracei.

"QUEM JULGA AS PESSOAS NÃO TEM TEMPO PARA AMÁ-LAS."

Quero falar daqueles que erram e dos poucos que acertam. Acredito sinceramente que estamos na Terra para fazer tentativas de acertar, para não desistir das lutas e para exercitar nossa *humanidade* – e não uma angelitude incompreensível. Sob esse ponto de vista, que é meu, pessoal, não vejo por que razão julgar aqueles que procuram acertar, mas que, como nós, ainda estão distantes da santidade que exigimos do outro e que ainda não desenvolvemos em nós.

E os cristãos, como julgam!

Vejo como o mundo está dividido e como o cristianismo está em constante luta, em permanente embate dentro de suas próprias trincheiras. É cada irmão julgando o outro, como se alguns fossem detentores da salvação e pudessem manipular a verdade e Deus.

Dois mil anos e ainda não aprendemos a lição do "amai-vos uns aos outros". Pelo visto, ainda julgamos principalmente aqueles que não pensam e nem rezam segundo nossa cartilha.

Quando uma pessoa emite julgamentos sobre alguém, é de se esperar que tenha conhecimento de causa e elementos para tal, que tenha uma visão mais dilatada e acertada do outro e, principalmente, que tenha ao menos uma proposta melhor para oferecer no que diz respeito ao fato motivador de sua reação crítica.

Ao avaliar fria e francamente o hábito de julgar, é preciso convir que não estamos habilitados nem sequer a ajuizar sobre nossas próprias intenções. Quantas e quantas vezes praticamos determinadas ações ou temos atitudes das quais nos arrependemos posteriormente e, indagados por que agimos de tal maneira, respondemos com honestidade: "Não sei!"? Ainda não detemos títulos de sabedoria ou certificados de inteligência, justiça e equidade para podermos aquilatar justamente o outro.

É nesse sentido que o Evangelho do Senhor[30] nos alerta para o fato de que, da mesma forma como julgamos o próximo, seremos nós avaliados, medidos e pesados; segundo o mesmo critério que utilizamos com o outro seremos nós amparados ou punidos, premiados ou castigados no tribunal das nossas consciências. Essa a razão pela qual

---

[30] Cf. Mt 7:2.

o mesmo Evangelho[31] nos oferece sábio e inteligente aconselhamento, que consiste simplesmente em *não julgar*, uma vez que não estamos devidamente capacitados no aspecto moral nem tampouco detemos conhecimento pleno da maioria das situações e pessoas que intentamos julgar.

Contudo, como é comum esse julgamento, sem reservas nem ressalvas, principalmente por parte daqueles que pretendem ser apologistas da verdade e defensores da lei, da moral ou da religião... Curiosamente, os religiosos são os que mais julgam na história da vida humana sobre a Terra. Querem defender uma verdade que, na maior parte das vezes, é relativa e muitíssimo restrita ao seu ponto de vista ou ao interesse da comunidade da qual participam. Para defender sua visão de mundo e seu sistema de crenças atacam o outro pelo julgamento, sem piedade. De onde observo, noto que há muito mais julgamento entre os cristãos do que entre aqueles que são apenas pesquisadores e aprendizes da vida, da ciência de viver. Como pode ser assim?

É impressionante como os seguidores do Cristo, nos últimos 2 mil anos, envolveram-se em intrigas, disputas e, por fim, formaram grupos que digladiam por seu lugar no céu ou por seu patrimônio espiritual, como se esse fosse o único modo de ver o mundo e viver a espiritualidade. Ignoram

---

[31] Cf. Mt 7:1 e Lc 6:37.

outras verdades, e pior: o fazem por escolha própria, porque deliberadamente fecham os olhos[32] à diferença. Muitas vezes, isso faz com que vejam em seus irmãos, parentes e membros da comunidade um alvo a ser convertido, avaliado, julgado, principalmente quando o outro não adota a perspectiva desejada. Aí, então, o indivíduo transformado em seu alvo mental torna-se proscrito da espiritualidade, um herege que merece ser punido de alguma maneira. E métodos de punição não faltam na mente do homem que se sente ultrajado e injuriado porque seu ponto de vista foi refutado.

Por que julgar? Por que submeter o outro à avaliação sem que conheçamos todos os meandros, todas as implicações, consequências e motivações de suas atitudes?

Por isso concluo, com base em minhas caminhadas pela vida e em meus contatos com os mais simples e desprezados pela sociedade, que quem julga não tem tempo para amar.

Embora compreenda que cada um tenha comportamentos diferentes, prefiro dedicar minha vida ao aprendizado de amar, a exercitar o amor, pois aprendi, em minhas andanças pelos subúrbios da vida, que onde há escuridão, onde existe ignorância, ainda há como explorar o amor.

---

[32] É possível relacionar essa passagem àquela em que Jesus teria dito: "Se fôsseis cegos, não teríeis pecado; mas, como agora dizeis: 'Nós vemos', permanece o vosso pecado" (Jo 9:41).

Sempre existe espaço para amar. Tenho visto que, no mundo – e, principalmente, dentro de mim – a ignorância persiste; a escuridão perdura. Sendo assim, como posso julgar alguém quando em mim mesma há tanta coisa para ser reciclada, consertada, mexida e melhorada? Falo, é claro, segundo minha experiência pessoal e não quero julgar aqueles que julgam. Quero apenas oferecer um caminho melhor, uma alternativa mais excelente[33] porque produz resultados mais satisfatórios: a experiência de amar.

Quando empregamos nosso tempo para compreender, para ouvir, silenciar outras vezes e amparar o próximo, não há espaço para julgamentos. Será que não foi isso que o Cristo quis exemplificar quando nos disse: "Não julgueis, e não sereis julgados. Não condeneis, e não sereis condenados"?[34]

Talvez as palavras do Nosso Senhor mereçam reflexão, como se faz a partir de uma recomendação inteligente; talvez seu exemplo deva ser visto como a atitude mais sensata a adotar, porque produz satisfação e felicidade, em vez de ser tomado como fórmula religiosa de santificação.

---

[33] Há aqui certamente um eco da dissertação de Paulo de Tarso sobre o amor, prenunciada pelo versículo: "Portanto, procurai com zelo os melhores dons. E agora eu vos mostrarei o caminho mais excelente" (1Co 12:31).
[34] Lc 6:37.

> "A TODOS OS QUE SOFREM E ESTÃO SÓS, **DÊ SEMPRE UM SORRISO DE ALEGRIA.** NÃO LHES PROPORCIONE APENAS OS SEUS CUIDADOS, MAS TAMBÉM O SEU **CORAÇÃO.**"

Ainda ressoa em minha mente espiritual a frase do apóstolo Paulo, pronunciada em seu hino ao amor: "E ainda que distribuísse toda a minha fortuna para o sustento dos pobres (...), e não tivesse amor, nada disso me aproveitaria".[35]

Vejo como, ao longo dos anos, tanto os políticos como

---

[35] 1Co 13:3.

os religiosos em geral estimulam boas ações, obras sociais e dedicação ao próximo. Isso é louvável, e considero um tipo de treinamento para que, um dia, amemos de verdade – e com amor genuíno. Dar aos pobres, amparar aqueles que estão sós, socorrer os aflitos, estimular a educação e lutar pelos direitos do cidadão – seja criança, adolescente, jovem ou idoso –, bem como pela defesa de outros tópicos mais atuais, como o direito de viver, a inclusão das minorias e o combate ao preconceito de qualquer natureza: eis aí atitudes e iniciativas que merecem nossa contribuição atenta e nossa ação direta, com o intuito de estimular o que de melhor existe em cada ser humano.

No entanto, quando considero o ser humano como espírito, como alma, como alguém sensível, fico a imaginar se não podemos dar mais sabor a tudo isso, que fazemos em nome do bem-estar coletivo ou das pessoas em particular. Precisamos ser mais humanos e tratar as pessoas como seres vivos, sensíveis, emocionais; isto é, como espíritos. É necessário humanizar mais os atendimentos comunitários, sejam eles nas agremiações religiosas ou nos postos de saúde.

Como nosso trabalho seria tão melhor caso oferecêssemos um ombro amigo, um sorriso espontâneo ou um abraço apertado... Como os resultados de nossas ações seriam bem mais amplos caso adotássemos, em nossos relacionamentos, um toque sutil de elegância, sorriso, alegria e vontade de fazer diferente. Muita gente que julgamos necessitada, muitos amigos, que temos na conta de pessoas resolvidas, mais do que do ato de ajuda em si carecem é de um sorriso verdadeiro, de um toque de delicadeza ou da sutileza de nossos sentimentos para que se sintam especiais, melhores e estimulados.

Elementos simples fazem total diferença numa relação qualquer – seja na obra que realizamos em nome do Nosso Senhor, no exercício da profissão que nos sustenta a vida social ou mesmo nos relacionamentos humanos mais triviais ou mais complicados. Algo simples, apenas um gesto sutil pode modificar a qualidade de um dia de trabalho; poderá alterar o estado emocional com o qual as pessoas estão envolvidas no cotidiano. Um sorriso, um abraço ou um afago poderá definir o caminho a ser escolhido por alguém, assim como a vitória a ser alcançada, inclusive por nós próprios. Sempre somos os maiores beneficiados ao nos valermos de pequenos gestos que fazem a diferença.

O líder de uma empresa, de uma tarefa humanitária ou de uma família pode ser amado, respeitado ou temido – de acordo com seus hábitos junto àqueles com quem convive. Ao ser amado e respeitado, o indivíduo angaria parceiros, admiradores e motiva a equipe com seus gestos e atitudes. Ao ser temido, tem apenas escravos do dever, que o abandonam assim que se estabelece uma crise qualquer ou surge uma oferta melhor. Obediência termina assim que cessam os interesses; parceria é um elo que se perpetua além de obrigações e benefícios.[36]

Assim, um gesto amigo, um sorriso, um minuto de atenção ou uma atitude mais humana – às vezes, um aceno de cortesia sincera é o bastante – podem significar mais comprometimento com o ideal ou a causa e se traduzir em aumento de qualidade nas relações interpessoais.

Vejo como o mundo de hoje precisa urgentemente desses pequenos gestos para sustentar uma vida mais sadia, uma relação mais cheia de qualidade e satisfação.

Talvez você pense que tais fórmulas sejam descobertas modernas dos estudiosos do comportamento humano. Mas lhe direi que já vi essas fórmulas de convivência serem descritas nos exemplos que li nos Evangelhos de Nosso Senhor Jesus. É mais inteligente, sob todos os aspectos, oferecer um diferencial, um quê a mais em nossas relações e em nosso trabalho. Porém, fazer diferente significa *diferente para melhor* – e não apenas diferente. Num mundo competitivo como o da atualidade, fazer igual a todo mundo já é perder. No contato com o ser humano, fazer caridade como

---

[36] Jesus adotou o princípio da parceria na relação com seus apóstolos, segundo João, pois teria dito: "Já não vos chamo de servos, porque o servo não sabe o que faz o seu senhor. Antes, tenho-vos chamado amigos, pois tudo o que ouvi de meu Pai vos tenho dado a conhecer" (Jo 15:15).

todos fazem é apenas esmola; ter uma relação, somente tê-la, como todos têm, já é estar sujeito a ser trocado por outra pessoa melhor. Então, torna-se crucial que façamos o bem de forma *bem* melhor; que emprestemos a nosso trabalho um brilho especial; que tenhamos uma equipe parceira e amiga, composta não apenas por empregados.

O bem *bem* melhor deveria ser uma meta a ser perseguida, estimulada e eleita como fator de extrema importância em nossas igrejas, em nossas casas, em nosso campo de atividades espirituais. Nada no mundo é estanque; nada em nossa própria vida é parado. Tudo se transforma o tempo todo. No entanto, para que acompanhemos o progresso e recebamos maior qualidade como resposta ao nosso investimento, é melhor fazer tudo muito melhor.

"O DEVER É ALGO MUITO PESSOAL; DECORRE DA NECESSIDADE DE ENTRAR EM AÇÃO, E NÃO DA NECESSIDADE DE INSISTIR COM OS OUTROS PARA QUE FAÇAM QUALQUER COISA."

※

Ah! Como muita gente fala o tempo todo em direitos. No mundo globalizado, ouve-se o eco de muitas vozes clamando pelos direitos do homem, da natureza, dos animais, do idoso, do jovem e do adolescente; direitos, direitos e mais direitos. Poucos falam ou querem se lembrar dos deveres.

É como se o mundo tivesse de mudar, independentemente de nós ou de quem advoga seus direitos. Somos aqueles que temos direito à vida e a uma série de prerrogativas – e lutamos por isso. Consideramo-nos vítimas do mundo, da sociedade, do sistema. Programamos greves, fazemos piquetes e passeatas, montamos equipes que se reúnem em sindicatos, partidos e associações.

A burocracia tomou conta inclusive das igrejas, das casas que ostentam a bandeira da fraternidade. Fazemos reuniões para tudo: para discutir os direitos, para estatuir os direitos, para encontrar quem faça o que é de direito fazer. Enfim, reuniões e mais reuniões, assembleias infindáveis que servem apenas para burocratizar aquilo que ninguém deseja assumir: seus deveres.

A Igreja perdeu a simplicidade dos primeiros tempos e, em nome de um suposto envolvimento social, adotou a política – e faz politicalha nos bastidores, longe do olhar dos peregrinos, dos adeptos, dos religiosos de carteirinha que se devotam a seguir os preceitos de homens falidos e de sistemas feudais, que ainda persistem em pleno século XXI. A cúpula se reúne em concílios mil para deliberar sobre os direitos dos cidadãos, da gente simples. Mas, em suma, não é essa gente quem decide. São aqueles que mais ganham com a miséria do povo que decidem pelo povo. E é essa cúpula, cujos integrantes determinam quais serão os direitos populares, que se afasta de seus mais elementares deveres, que se resumem a servir ao povo.

Enquanto a multidão de famintos passa por absurdos em termos de fome, de escassez de educação e de outras brutalidades que desafiam o próprio conceito de pobreza mundial, os que defendem os direitos – sem assumir seus deveres – ostentam a púrpura de suas túnicas e os escarlates mantos de sua posição duvidosa. Tomam o assento na cadeira de Moisés, onde até os dias de hoje se assentam escribas e fariseus, doutores de inúmeras leis, e não descem de seus tronos de santidade para servir à população, como Cristo ensinou e exemplificou.

Quando surge esta ou aquela personalidade que faz de sua vida um repertório de bondade, de serviço incondicional em benefício da humanidade, as organizações religiosas do cristianismo oficial tomam os louros para si, usando o novo expoente como propaganda da instituição. Seus digníssimos representantes, entretanto, jamais descem do trono onde são incensados e de onde incensam altares de deuses mortos – mortos que estão para assumir os deveres cristãos perante o mundo e os irmãos seus que clamam por misericórdia. Reúnem-se para promulgar decretos santificados e beatificados pelo poder mundano, como se fossem pais da Igreja, do povo, das multidões.

Mas, oh! Como eu queria ver os religiosos, os que dominam e pontificam nos gabinetes da Santa Sé, nos escritórios dos monastérios e nos púlpitos das congregações, ou mesmo os cativos do egoísmo nos conventos da inutilidade; como eu queria vê-los saírem às ruas tal qual o santo de Assis ou à maneira dos primeiros cristãos. Queria ver os dominadores do mundo religioso exporem sua vida, sua cara, darem-se e doarem-se como os apóstolos o faziam e os convidam a fazer. Aí, sim, eu entenderia esse abuso de poder, esse clamor pelos direitos como algo coerente, após vê-los – os cristãos de gabinete – a visitar as ruelas, os orfanatos e asilos, os esfaimados e miseráveis, os leprosos e rejeitados, misturando-se assim à multidão, a fim de levedar a massa, de dar mais vida e qualidade ao mundo. Dessa forma, serei capaz de entender: cada um de nós fazendo a sua parte, cumprindo nosso dever de cristãos, poderemos, aí então, falar em direitos.

Como é fácil reivindicar direitos sem cumprir com seus deveres! É tão comum ver os políticos da falida política humana prometerem, fazerem campanhas inteiras falando de direitos e mais direitos que advogam enquanto são candidatos, pois logo depois de eleitos os esquecem, observando muito raramente seus deveres para com os cidadãos, que usam como marionetes para autopromoção.

Costumo ver religiosos cheios de fanatismo, postulando seu direito a um lugar no céu. Reclamam a cidadania universal e apregoam o fim do mundo para quem não pensa e não age de acordo com a ideia que fazem a respeito de Cristo ou de acordo com aquilo que interpretam como sendo "a" verdade. Mas pouquíssimos se envolvem com os convidados de Jesus. Muito poucos são os que vivem, que amam e que interagem com as necessidades humanas; que convivem de perto com a fome e a sede de Deus e de justiça, as quais assinalam as vidas das pessoas perdidas na multidão.

Queria ver o papa descer de seu trono de santidade e caminhar pelas favelas sem o cortejo dos seus acompanhantes. Como gostaria de ver os cardeais, bispos, pastores e dirigentes religiosos de todos os segmentos do cristianismo deixarem de lado sua túnica, suas tiaras, seus paramentos e seus ternos engomados e ajudarem a enxugar as lágrimas dos aflitos, a limpar o vômito dos doentes e chorarem com os que choram no desespero. Mas não vejo isso, ainda.

Ah! Como Jesus se comportaria assistindo aos seus diletos seguidores pontificando em altares de pedra, cobertos de pretensão, transformando sua igreja em caixas-fortes ou castelos, onde o deus adorado é o próprio ego, inflado pelo orgulho?

Em minha pequenez de serva da humanidade – nada mais –, creio que temos ainda muita coisa a refazer em nosso conceito de cristianismo. Devemos urgentemente abraçar nossos deveres, deixar de lado as posições hierárquicas, os títulos, a pompa do altar; desconsiderar os cargos e assumir nossos *encargos*, nossa obrigação de servir em nome do amor genuíno, da caridade legítima.

Fico a imaginar que poderíamos desmontar as igrejas e vender o ouro usado na decoração opulenta de tantos templos e altares. Sonho em mudar o destino de milhões de crianças na África se pudéssemos usar tão somente o piso da Capela Sistina, entregando-o a troco de alimento para os famintos. Como poderíamos economizar nos templos suntuosos e empregar esse dinheiro na educação do povo, em medidas que garantissem a saúde da população!

Em minha ignorância, imagino como seria o mundo de hoje se os pastores das diversas denominações religiosas destinassem a arrecadação do dízimo, ainda que parcialmente, ao erguimento e à manutenção de obras de amparo ao próprio rebanho espiritual que lhes fora confiado. Ou caso se mudassem para residências mais simples, na periferia, a fim de conviver com a realidade da população que desejam salvar.

Reflito, ainda na minha pequenez: e se nossas autoridades políticas, em vez de decretarem guerras para que os filhos alheios se exponham a lutas, matanças, mutilações e crueldades, eles mesmos se enfrentassem – os representantes de cada nação – num campo de futebol, como jogadores, e solucionassem ali, diante do povo, seus impasses? Quem sabe, ainda: se nas guerras, fruto de sua sede de poder, enviassem apenas e tão somente seus próprios filhos e suas famílias para combater entre si, decidindo pelo futuro das nações em conflito? Com certeza o mundo seria diferente e a política também se modificaria, assentando-se sobre bases mais humanas.

Alguns, pelo mundo afora, costumam dizer que estou entre anjos e santos, depois da morte que arrebatou o antigo corpo. Porém, digo-lhes em verdade que não tenho nada a fazer entre santos e anjos beatificados pelos decretos dos donos da religião. Meu lugar é na escuridão; se sou santa, sou a santa das trevas, que me ponho junto ao pranto, à dor, nas regiões mais profundas e frias, onde a luz do sol e do calor humano ainda não chegou. Que fiquem os céus para os santos inventados pela religião... A mim, compete seguir Cristo na medida em que posso e no máximo de minhas forças – no silêncio do serviço, nos deveres bem cumpridos, fazendo o que posso com tal amor que o próprio amor se transforme em dor, fazendo com que o dever cale o clamor dos direitos – até que a Terra seja renovada pelos cristãos, quando resolverem honrar o legado do nome sagrado que ostentam, ainda sem ter ciência da responsabilidade que lhes pesa sobre os ombros.

Lembro-me das palavras de Nosso Senhor a falar-nos sobre a vida eterna: "Em verdade vos digo que, quando o fizestes a um destes meus pequeninos irmãos, a mim o fizestes", e "todas as vezes que o deixastes de fazer a um destes pequeninos, foi a mim que o deixastes de fazer".[37]

---

[37] Mt 25:40,45.

"NÃO DEVEMOS PERMITIR QUE ALGUÉM SAIA DA NOSSA PRESENÇA SEM SE SENTIR MELHOR E MAIS FELIZ."

Todos podemos ser servos do bem; todos podemos fazer diferente, mudar o destino de alguém para melhor, parar de brincar de ser cristãos e fazer um pouquinho que seja – mas realizar. Parar de fazer poeira e de se promover com o nome do Cristo pregado em carros, lojas e vitrines e, em vez disso, viver a mensagem do "amai-vos uns aos outros" em sua plenitude.

Em nosso cotidiano encontramos inúmeras oportunidades de servir e fazer o bem sem ostentação e sem o desejo de autopromoção.

O próximo que se achega a nós vem porque sentiu necessidade do nosso calor, do nosso amor, porque há no ser humano uma grande carência de ser amado, de ser aconchegado, de compartilhar o viver e as emoções.

Não há necessidade de erguer grandes obras sociais ou beneméritas para ser autêntico representante de Cristo no mundo. A grandeza de uma obra mede-se pela quantidade de amor que se é capaz de empregar naquilo que se faz. Sob esse ponto de vista, da capacidade de doar amor, podemos todos contribuir com um sorriso, um estímulo, um empurrão para que o outro suba na vida, alcance uma vitória ou se sinta mais amado e feliz.

Se, em cada semana de nossas existências, ajudássemos apenas uma pessoa, uma única – com o estímulo de nosso abraço, de nosso sorriso, de uma palavra amiga –, no final da existência teríamos transformado meio mundo, pois, se algo de certo há em nossas vidas, é que o bem contagia. Essa única pessoa, que auxiliamos de maneira despretensiosa, por sua vez, dirigirá ao menos um ato de generosidade a outra, e assim sucessivamente. É uma corrente de amor, um cinturão de caridade que passará a envolver o mundo, de tal sorte que tornará mais leves nossas vidas e mais suaves nossos fardos.

Não esperemos ganhar dinheiro, jogar e ganhar na loteria para erguer creches, asilos, depósitos de velhos e crianças, hospitais ou outras instituições quaisquer, que julguemos de vocação benemérita. Comecemos a fazer já o que podemos, o que está a nosso alcance agora – nos deveres mais simples, nas atitudes gentis do dia a dia, na compreensão do problema humano – e, em breve, teremos edificado em nós mesmos uma fortaleza de satisfação e vivência cristã.

Não pense que Cristo nos enviou para construir obras grandiosas. Nem mesmo ele construiu igrejas ou conventos, asilos ou escolas. Nosso Senhor Jesus começou seu trabalho de transformação do mundo no seio da própria família. Ensaiou sua obra numa festa de casamento, prosseguiu em meio às crianças e a encerrou iluminado pela luz da ressurreição, na companhia de gente simples, como ele mesmo foi. Nada mais, nada menos.

Seus seguidores, os que mais expressivamente o representaram, com o máximo de dedicação e coerência, jamais ergueram templos suntuosos nem obras magníficas na Terra. Ao contrário, caminharam estropiados, com vestes rotas, e não tiveram posses terrenas. Reuniram-se em cavernas durante séculos, em túmulos escavados nas montanhas, e esconderam-se dos poderosos em meio à natureza, no silêncio das florestas.

As igrejas imponentes, as obras monumentais que depois se levantaram, surgiram somente quando não mais habitavam na Terra os legítimos representantes do rabi e peregrino da Galileia. No momento em que se extinguiu a chama da fé, e tão logo a simplicidade do Cristo foi posta de lado por aqueles que se arvoraram em seus legítimos seguidores – aí então é que os chamados cristãos passaram a mascarar sua situação real com edificações fabulosas, que procuravam ocultar o quadro de mendicância espiritual no qual se encontravam.

Não sei por que algumas pessoas aguardam o dinheiro ou desejam ser ricas para, só então, realizar alguma coisa. Em toda a minha vida, dificilmente presenciei pessoas ricas, segundo os padrões do mundo, empreenderem algo em benefício dos pobres, dos humildes. Muitas vezes, quando decidia ajudar alguém, construir um abrigo para os mais necessitados do que a maioria, eu pegava um carrinho de mão e saía a pedir tijolos entre a população pobre. Pedia pedras, e, com as irmãs, preparávamos a massa para a construção.

Recebi representantes de diversas religiões que queriam me converter, falando-me que não deveria dar o peixe para as pessoas matarem sua fome. Diziam-me que eu deveria ensiná-los a pescar. Acho isso certo, mas os pobres com os quais lidava eram tão pobres e miseráveis, estavam tão famintos, que nem sequer tinham forças para tomar da vara e pescar. Aí, então, que fazer? Restava-me dar-lhes o mantimento, o básico, o arroz que arrecadávamos. Resolvi deixar aos demais a incumbência de ensiná-los a pescar, após eu e minhas irmãs, de alguma forma, dar-lhes o pão. Talvez não seja preciso esclarecer que nunca vi nenhum daqueles pregadores e religiosos pegando na vara para ensinar meus pobres a pescar.

Aprendi com isso uma lição preciosa. Não adianta ficar esperando recursos financeiros para ajudar o mundo, as pessoas; não resolve nada aguardar promessas que jamais se cumprem. Compete a mim pegar o que tenho à disposição e misturá-lo a meu amor silencioso, a fim de transformar, em algum nível, as vidas de quantos Deus encaminha para mim. Desse modo, cumprem-se as palavras do apóstolo Paulo em sua carta aos fiéis de Filipos e aos cristãos de todas as épocas: "Tudo posso naquele que me fortalece".[38]

Assim sendo, tenho a dizer a quem pretende fazer algo em torno e em benefício do próximo: não espere grandes oportunidades na vida para ser útil à humanidade. Deus já nos confiou coisas demais para utilizarmos no mundo. Tomemos dos talentos de que dispomos: as mãos, que podem servir de amparo; a voz, que poderá ser uma nota de harmonia e estímulo; os pés, que nos conduzem aonde vamos.

---

[38] Fp 4:13. Para manter as palavras que tornaram célebre esse versículo, também escolhidas pela autora, esta citação foi extraída de tradução diferente (BÍBLIA de Referência Thompson, 2004. Nova Versão Internacional, 1993/2000).

Lancemos mão da inteligência, daquilo que aprendemos. Se você sabe operar uma máquina ou manejar um computador, que tal começar ajudando uma criança a fazer o mesmo, diminuindo o número de deficientes sociais? Se detivermos o mínimo de conhecimento, podemos compartilhá-lo, tanto auxiliando a alfabetizar um adulto, que precisa ser promovido a um trabalho melhor, como amparando uma criança carente, que não tem quem lhe assista no dever de casa.

Enfim, desejo mostrar que sempre temos como ajudar e que ninguém, absolutamente ninguém precisa sair de nossa presença sem algo que o edifique, sem nossa contribuição para a melhoria de sua situação íntima ou social. Todos temos o que oferecer – ainda que sejam nossas preces. Rezar por aqueles que não têm fé, pedir pelos dirigentes das nações, pelos representantes religiosos; adotar um país em nossas orações diárias. Algo, alguma coisa de bom, de positivo podemos realizar pelo bem da humanidade. Ninguém é órfão de recursos. Relembro Jesus, o senhor de todos nós, ao dizer-nos, nas palavras do Evangelho: "(...) aquele que crê em mim também fará as obras que eu faço. E as fará maiores do que estas".[39]

---

[39] Jo 14:12.

"O DIA MAIS BELO? HOJE."

Que dia devo comemorar a vida? Quando devo começar a fazer o bem? Quando poderei representar Jesus perante seus convidados, os filhos do calvário? Hoje. Ou "agora é o dia da salvação",[40] diz-nos a palavra de Deus. Ou ainda: "esta noite te pedirão a tua alma".[41] Portanto, fico a questionar por que adiar indefinidamente nossa responsabilidade de contribuir com a transformação do mundo.

---

[40] 2Co 6:2. O versículo relaciona-se com o Antigo Testamento, pois Paulo quer demonstrar o cumprimento de uma profecia anunciada cerca de 700 anos antes. Lê-se, na íntegra: "Pois ele diz: 'Ouvi-te em tempo aceitável, e socorri-te no dia da salvação'. Digo-te, agora é o tempo aceitável, *agora é o dia da salvação*". É uma referência direta à promessa de Isaías: "Assim diz o Senhor: No tempo favorável te ouvirei, e no *dia da salvação* te ajudarei, e te guardarei, e te darei por aliança do povo, para restaurares a terra" (Is 49:8 – grifos nossos).

[41] Lc 12:20.

Muita gente apregoa que o fim do mundo está próximo. Outros se põem a contar os anos utilizando um cálculo matemático oriundo de interpretações proféticas, a fim de determinar quando Jesus virá à Terra pela segunda vez. Há também aqueles que indagam se estamos ou não adentrando uma era de paz, de transformação planetária. Enquanto isso, o mundo clama por indivíduos dispostos a tomar nas mãos a charrua, a enxada e a mó, a fim de auxiliarem nessa época que exige trabalhadores diligentes. Hoje é o dia de iniciar a transformação que precisa ocorrer dentro de nós.

Esperar o quê? Aguardar que o mundo acabe, que o tempo passe, que Jesus volte?

Certo dia resolvi procurar Jesus dentro dos templos religiosos. Procurei-o em Roma, porém me enganei, pois lá ele não estava. Ali estavam sim os cristãos de diversos países, passeando nas praças e nos circos onde os primeiros seguidores de Jesus um dia ofereceram seus corpos ao martírio. Procurei-o nos templos evangélicos, mas por lá estavam muito ocupados organizando corais, erigindo teorias e discutindo quem teria ou não direito à salvação. Insistindo, dirigi-me a outros segmentos do cristianismo, mas nada; não o encontrei.

Sendo assim, resolvi deixar de lado minha busca e andei por aí em meio às ruas e favelas, nos becos, nas ruelas. Caminhei pelas vilas abandonadas nos rincões da África, nos escombros do Afeganistão, nos vales sofridos do Iraque e pelos pátios de prisões ao redor do mundo. Decidi procurar aqueles pobres e miseráveis mais pobres que aqueles aos quais os cristãos afirmavam ajudar.

Foi então que vi uma luz brilhar no peito de um miserável que morria debaixo da marquise; contemplei um jovem tocando violão ou guitarra numa praça qualquer; descobri um sopro de esperança nos olhos de um velhinho que nem tinha um copo d'água para beber na hora da morte. Aí eu compreendi a grande realidade da vida espiritual: que Jesus não precisa voltar para eu fazer alguma coisa de útil, que o mundo não precisa acabar para que eu comece a servir, que ninguém precisa morrer para aprender a ser bom.

Cristo ainda está aí, pelas ruas, disfarçado de mendigo; continua entre nós, vestindo uma calça jeans desbotada, segurando um violão ou teclando num computador. Ele está aí, gritando mudo, discorrendo calado sobre as necessidades humanas. Não o encontraremos no céu nem em qualquer outro lugar, pois ele está onde sempre esteve – não nos templos nem no meio dos religiosos de qualquer época, mas no meio do povo. Faminto entre os que têm fome, sedento entre os que têm sede, prisioneiro entre os presidiários.[42]

---

[42] A autora inspira-se nas profundas palavras do Evangelho: "Então perguntarão os justos: Senhor, quando te vimos com fome e te demos de comer? Ou com sede e te demos de beber? E quando te vimos forasteiro e te hospedamos? Ou

Tudo isso me faz acreditar que o dia melhor para servir a Cristo é hoje, e a hora mais oportuna é agora. Este é o dia da salvação, o dia aprazível para ser feliz. Nem amanhã, nem depois. Hoje é sua oportunidade de levantar-se, parar de ler estas linhas e fazer alguma coisa boa, somente uma por vez.

Levante-se, abrace ou beije aquele próximo que Deus colocou mais próximo de você – seu parente, seu amigo. Diga-lhe quanto ele é importante para você. Experimente fazer isso agora mesmo, sem demora, e verá que hoje é um dia especial para sua felicidade, para você começar a construir o mundo do amanhã.

Eis que a vida nos ensina a aproveitar o tempo que temos à disposição no momento presente, no dia de hoje. Caso permaneçamos esperando ou vivendo de um amanhã que ainda não existe nem foi elaborado, perderemos oportunidades ímpares de realização. Por outro lado, se nos detivermos no passado, lamentando por que não fizemos isso e aquilo ou querendo encontrar a causa de todos os infortúnios, deixaremos igualmente de progredir e perderemos a objetividade, vagando nas sombras do tempo.

Hoje é o momento mais aprazível para qualquer rea-

---

nu e te vestimos? E quando te vimos enfermo, ou preso e fomos ver-te? Ao que lhes responderá o Rei: Em verdade vos digo que, quando o fizestes a um destes meus pequeninos irmãos, a mim o fizestes" (Mt 25:37-40).

lização pessoal ou transpessoal. Nosso Senhor Jesus Cristo disse aos discípulos, certa vez: "Basta a cada dia o seu próprio mal".[43] E mais: "não andeis ansiosos, dizendo: 'Que comeremos? Que beberemos?' ou: 'Com que nos vestiremos?'. (...) vosso Pai celestial bem sabe que necessitais de todas"[44] essas coisas. Acredito que ele sabia muito bem do que estava falando, por conhecer o ser humano e a sua tendência de se perder em divagações mil. Por isso, insiste que aproveitemos o tempo de agora, pois o Reino deve ser executado, construído e concretizado hoje, começando em você e em mim, aqui e agora.

---

[43] Mt 6:34.

[44] Mt 6:31-32.

"A COISA MAIS FÁCIL? ERRAR."

Quem nunca errou? Qual de nós nunca cometeu um engano? Sinceramente, estou ainda hoje, mesmo depois de deixar o corpo físico, tentando acertar alguma coisa em minhas caminhadas. Lembro-me de São João, quando afirma em uma de suas epístolas que aquele que disser que nunca errou já está cometendo um pecado, um erro; e quem disser que nunca pecou está mentindo.[45]

Nós, os religiosos, costumamos enfeitar ou mascarar nossa situação interior com um brilho de santidade e honestidade que ainda estamos longe de ostentar. Mais ainda, aqueles que nos dedicamos ao amparo dos pobres nem sempre somos tão transparentes em nossas ações e intenções.

Como tem gente dizendo-se boa por aí, ao passo que manipula crenças alheias e apresenta-se à sua comunidade como exemplo ou referência de sabedoria. Manipulação é

---

[45] Cf. 1Jo 1:8,10.

algo comum entre os seres humanos; entre os religiosos, então, é uma ferramenta muitíssimo utilizada, visando à autopromoção, além de objetivando o domínio mental e emocional do próximo. A fim de levar a cabo a manipulação de emoções e pensamentos, quem usa desse artifício costuma projetar publicamente uma imagem diferente daquela que refletiria sua realidade interior, sua pessoa nua e crua. Com frequência, a máscara ou fantasia torna-se tão forte e arraigada que seu autor acaba tomando-a por verdadeira. Entretanto, a realidade é bem diversa. Não há gente tão boa no mundo que não precise reciclar seus métodos, conceitos e objetivos. Não conheci ninguém na vida que estivesse isento da necessidade de renovar-se, modificar sua rota ou rever suas ideias. Todos nós erramos.

Refletindo, cheguei à conclusão de que, muitas vezes, optamos pelo caminho mais fácil – e, em boa parte delas, movidos pelo simples medo de prosseguir. E o caminho mais fácil entre todos ainda é errar. (Não é o que talvez Nosso Senhor tenha querido dizer ao usar a figura da porta larga e da porta estreita?[46] Não há dúvida de que é mais fácil

---

[46] "Entrai pela porta estreita. Pois larga é a porta, e espaçoso o caminho que conduz à perdição, e muitos são os que entram por ela. Mas estreita é a porta, e apertado o caminho que conduz para a vida, e são poucos os que a encontram" (Mt 7:13-14). Se a porta é estreita e seu caminho, apertado, certamente trilhá-lo

atravessar a porta larga...)

    Porém, cheguei também à conclusão de que há um caminho engenhoso, que distrai a atenção do verdadeiro plano de nossas vidas – que consiste em *acertar tanto quanto pudermos*. Não defendo nem cobro de mim nem de ninguém o acerto a todo instante. Considerando o mundo de hoje e a situação acanhada na qual nos encontramos como seres humanos, acertar sempre certamente seria pedir demais. Mas será pedir demais que se tente ao menos acertar o quanto possível? Seria esperar muito das pessoas, daquelas que estão à frente de seus rebanhos espirituais, daqueles que conduzem os destinos dos povos, que ao menos procurem acertar?

    A questão da ética está intimamente relacionada aos erros e acertos do ser humano. A ética na política talvez passasse pela via das tentativas, das motivações, da vontade de acertar. E veja que não falo em resultados; falo das tentativas, do que está por trás das atitudes.

    Uma vez que, como vimos, errar significa seguir o impulso da maioria, que está sendo levada pelo rio caudaloso das emoções, dos interesses e imediatismos, quem sabe

---

requer esforço. Isto é, não é a opção natural, que sempre busca maior facilidade. É o que anota a autora, em consonância com a forma como outro evangelista registra essa passagem: "*Esforçai*-vos por entrar pela porta estreita (...)" (Lc 13:24 – grifo nosso).

acertar seria o diferencial aguardado para fazer do mundo um lugar muito melhor? Errar ainda é o mais fácil? Pode até ser, mas sem dúvida as consequências que certos erros acarretam não são nada fáceis. Entregar-se às artimanhas da politicagem, do engodo, do desperdício e do descaso com a coisa pública, ao abuso de poder e de autoridade – seria mesmo o melhor caminho? Talvez o mais fácil, porque não exige muito esforço da mente, do gênio inventivo ou da inteligência. Apenas talvez!

Com certeza, porém, não seria o melhor caminho. Quem sabe a multidão, as pessoas, o mundo não aguardasse de nós tão somente uma tentativa sincera de acerto, uma postura mais digna, honesta, ética, que fizesse a diferença? E, como já disse, falo em fazer a diferença para melhor.

Como me vi, inúmeras vezes, tentada a rasgar o hábito, a deixar as vestes de religiosa[47] para aparecer no mundo

---

[47] As expressões "rasgar o hábito" ou "deixar as vestes de religiosa" devem ser entendidas aqui no seu sentido figurado. Como se sabe, Madre Teresa abandonou o hábito de freira tão logo recebera permissão de seus superiores e do Vaticano para viver fora do convento – após cerca de dois anos de negociação –, ainda no início da trajetória que um dia lhe renderia projeção internacional. Era agosto de 1948 quando decidiu adotar o sári branco de listras azuis com que se tornaria conhecida, exatamente como se vestiam as mais pobres de Calcutá (cf. LEMOS, 2006, p. 2-3).

como uma mulher do povo, uma filha da miséria ou companheira na pobreza. Como lamentei, tantas noites de minha vida, estar inserida num contexto de aparências, de formalismo religioso, de obscuridade espiritual, mascarado apenas por um hábito de freira. Mas vinha-me à mente naqueles momentos – que não foram poucos – que eu deveria fazer diferente, que me cabia acertar. Pelo menos, tentar. De nada me adiantaria lamentar a situação interna da Igreja e o abismo de ilusões criado ao longo dos séculos pela ostentação de um suposto poder disputado por muitos, em nome de Deus. Ocorreu-me que talvez pudesse usar dos meios que tinha à disposição, da tradição religiosa da qual procedia, para mostrar, de alguma maneira, que se pode fazer de modo diferente e obter resultados diferentes.

A partir desse raciocínio, tive a coragem de tomar a decisão que revolucionaria minha vida. Coragem de tentar.

A autora, ao ser interrogada sobre a razão do uso dessas expressões, afirmou ter cogitado diversas vezes o rompimento com a Igreja, a certa altura da vida, de modo que pudesse trabalhar sem os limites inerentes à vida sacerdotal. No entanto, após refletir – conforme relata logo à frente, no texto –, decidiu usar a situação de religiosa em prol do trabalho que realizava, provando ao mundo que é possível ser uma religiosa, encravada bem no seio da Igreja, sem ser incoerente com a proposta do Evangelho; pelo contrário, tornando-se um baluarte dos mais caros valores evangélicos.

Coragem de não desistir. Vontade firme e inabalável para prosseguir. Talvez não pudesse jamais mudar o mundo, mas com certeza poderia modificar a imagem que o povo tinha dos religiosos, dos seguidores de Cristo, daqueles que deveriam ser capazes de acertar, quanto mais de tentar.

Errar provavelmente seja, para muitos, o mais cômodo e fácil caminho. Para outros, porém, errar exige muito. Exige destreza mental, agilidade, capacidade intelectual; sobretudo, errar conscientemente requer muito esforço para mascarar o erro e burlar o sistema no qual se está inserido, criando e sustentando uma ilusão. Por outro lado, acertar, a meu ver, torna-se muito mais prazeroso, muitíssimo mais saboroso, e se mostra uma atitude inteligente consigo mesmo, tanto quanto no que concerne à realidade do mundo, da vida, da sociedade.

A falta de vergonha, o mau-caratismo, o abuso, o desrespeito; enfim, tudo aquilo que possamos considerar como algo indesejável para o cidadão exemplar, para o seguidor de Cristo – o embaixador de um país cujas leis representam um reino, um sistema de governo divino –, tudo isso está se tornando fora de moda.

Quando Nosso Senhor falou, há 2 mil anos, que o mundo se renovaria, que ele trazia as boas novas do Reino, poucos acreditaram. À medida que o tempo passou, ergueu-se a religião, e o homem fez das palavras de Jesus o estandarte de um império, lançando mão de um poder que não era seu para conquistar e dominar em nome de Deus e de seu reino. Aí, sim, o mundo desacreditou da mensagem do reino dos céus. Uma vez que os pretensos representantes celestes erravam vergonhosa e despudoradamente – e muitíssimas vezes de forma consciente, visando firmar-se no poder temporal e disputar os títulos e posições na política humana –, como acreditar que a proposta do Cristo funcionaria para o mundo? Se ao menos funcionasse para os seus seguidores...

Notamos, na atualidade, que estão prevalecendo as bases do Reino – a ética e a moral verdadeiras, e não aquelas forjadas nos concílios e nas academias. Vemos ressurgir em meio às multidões a esperança de um mundo melhor. Com outra roupagem, com novo vocabulário, as palavras de Jesus de Nazaré ressurgem também sob um aspecto diferente, porém dotadas da mesma força com que foram pronunciadas há 2 mil anos.

Pasmo ao pensar nisso, sabia? Suas palavras, os conceitos falados, pregados e vividos por Nosso Senhor estão atualíssimos nos livros mais modernos de psicologia e nos tratados de ciência do comportamento humano.

Porventura são outras palavras? O que está nascendo no mundo é algo diferente do que Jesus pregou em sua vida e em seu ministério? De forma alguma.

Apenas se está cumprindo a vontade soberana de

Deus. Jesus não quis, em nenhum momento, fundar partidos e religiões, tampouco formar religiosos. Pretendeu, sim, que suas palavras fossem levadas a efeito e praticadas como uma atitude inteligente, como roteiro de vida.

Os acertos que se esperam dos seguidores de Cristo na atualidade são os mesmos que se esperavam dos antigos, dos primordiais. Apenas que transformassem suas vidas num farol de luz, numa referência de equidade, justiça, fraternidade e coerência com a mensagem e a proposta do maior legislador de todos os tempos, do maior estadista que a história humana já conheceu, do maior doutor, no verdadeiro sentido da palavra – Jesus.

Não se pede acertar sempre. Pede-se, apenas, que não desistamos de fazer da nossa vida um testemunho diferente, o ingrediente original que dará sabor à massa, que dará vida ao mundo.

"O MAIOR OBSTÁCULO? O MEDO."

Meu Deus, como o homem tem medo de ser feliz. Como nós, seus filhos, temos medo de nos tornar ultrapassados em nossos conceitos a respeito da verdade! Como o ser humano tem medo de ter medo!

A felicidade pode ser descrita de várias maneiras. Levando-se em conta o aspecto religioso do homem e de sua cultura, a verdade possui mil faces. Cada religião, cada corrente religiosa tem sua definição de felicidade. No cristianismo, tendo em vista o número de igrejas, seitas e ramificações do tronco principal que disputam um lugar no céu, a felicidade é apresentada sob os mais variados ângulos e conceitos, como se fossem tentáculos. Não obstante, o medo talvez constitua um traço comum a quase todas as interpretações, visto geralmente como um obstáculo muito real à felicidade humana. Medo de se definir, medo de fazer escolhas, medo de tomar partido – medo de que esse partido, mais tarde, possa ser considerado um erro.

No campo político, o medo parece rondar as pessoas

por todos os lados. Caso se mostre que uma opção política é ou está distante do ideal, cai por terra a felicidade ou a satisfação de quem a adotou; caso se frustrem os projetos idealizados por determinada corrente, o mesmo acontece com quem a defende. Portanto, ter medo de adotar uma corrente política passa por situações complexas, que vão desde o orgulho ferido à necessidade de acobertar situações cheias de meandros inconfessáveis.

Medo de ser feliz pode também mascarar a necessidade de se superar, de inovar, de romper com os próprios limites. Imagino se os apóstolos do Nosso Senhor tivessem medo de pôr suas vidas em risco ao levar o Evangelho ao mundo. Onde estaríamos hoje? Onde o mundo estaria se o homem não ousasse, não se aventurasse ou não tivesse dado o primeiro passo em direção às experiências que transformaram o mundo naquilo que é hoje?

Fico também a refletir sobre como se daria nossa existência caso tivéssemos consciência ou tivéssemos cedido ao medo de deixar o útero materno, de enfrentar o mundo novo a fim de vivenciar as experiências da infância, da juventude; enfim, caso o medo de viver a vida com seus desafios nos dominasse por completo.

Ao mesmo tempo em que avalio e entendo, ao menos em parte, a força que o medo exerce sobre as pessoas, assim como sobre mim, não me vejo deixando o mundo acontecer sem minha participação ou os eventos se sucederem sem meu envolvimento. Por isso, optei por conviver com o medo, realizando justamente aquilo de que mais tenho medo. Transformo-o num aliado, digamos assim. Talvez não seja esta uma fórmula concebida ou indicada por filósofos e estudiosos do comportamento humano, pessoas consideradas inteligentes demais para que eu me compare a elas. No entanto, uma coisa é certa: o mundo não foi idealizado por pessoas medrosas, tampouco o progresso foi alcançado por meio do medo, mas sim pelo exercício da coragem e pelo empreendimento de pessoas que tiveram a atitude de romper seus limites.

Um dia ouvi uma voz interior que me convidava a repudiar o ócio religioso e seguir as pegadas de Cristo.[48] A princípio pensei que os obstáculos seriam enormes, uma vez que minha vocação ia de encontro a certos padrões e atitudes cristalizadas no meio religioso em que me criei. Mas

---

[48] Das passagens mais célebres da vida de Madre Teresa é o momento em que recebe a inspiração para a fundação de sua obra, as Missionárias da Caridade. Assim ela descreveria, mais tarde, a experiência que considerava seu ingresso na congregação que fundaria: "Foi nesse dia de 1946 [10 de setembro], no trem para Darjeeling, que Deus me fez o 'chamado dentro do chamado' para saciar a sede de Jesus servindo-O nos pobres dos mais pobres" (De Madre Teresa para os Colaboradores, Natal de 1996, cf. KOLODIEJCHUK, 2008, p. 54).

um dia, meditando longamente a respeito de meu chamado, de minha vocação, não tive dúvida. Se cedesse ao medo ou abrigasse em minha alma qualquer hesitação quanto ao que deveria fazer, isso seria equivalente a renegar todo o exemplo de Cristo, desprezar os conselhos que deu e, sobretudo, a voz do Espírito Santo,[49] que me induzia insistentemente a continuar algo que alguém, no passado, iniciara.

Teimosa, muito mais do que corajosa, empreendi um trabalho que começava primeiro dentro de mim. Sabia que algo eu era capaz de realizar – ou Deus, através de mim –, ainda que nunca imaginasse o quanto se concretizaria. Sempre me considerei uma gota neste imenso oceano da vida, da humanidade, e assim pensei que poderia fazer um

---

[49] Para o espiritismo, "Deus é a inteligência suprema, causa primária de todas as coisas" (KARDEC, 2001, parte I, cap. 1, item 1, p. 73). Como se vê, essa definição não comporta o conceito de Trindade, vigente no catolicismo. Todavia, mantivemos a terminologia *Espírito Santo* por duas razões, mesmo acreditando se tratar da comunicação de um espírito superior que orientava e inspirava Madre Teresa quando encarnada: optamos pelo respeito à redação original e levamos em consideração o fato de a referência fazer parte de um relato que abrange a vida *terrena* da religiosa. Muito provavelmente, na ocasião – produto da cultura católica em que nasceu e viveu –, a freira tenha dado à experiência de caráter mediúnico uma conotação mística, interpretando-a como contato com o divino ou "o Espírito Santo", segundo reza a crença que professava.

pouquinho só de cada vez; que valeria carregar apenas um tijolo, fazer ao menos uma migalha do que teria de ser feito. E, para a migalha, eu tinha coragem – muito embora jamais cogitasse que essa migalha inspiraria outras pessoas a fazer muito mais.

Na verdade, passo a passo descobri que o medo cedia à medida que eu caminhava; que a coragem crescia na proporção do amor e da fé dedicados ao pouco que realizava. Descobri em mim uma força que em momento algum supus deter. Percebi que estava a meu alcance amar intensamente, tão intensamente quanto possível, apesar de não poder fazer coisas grandiosas. Logo canalizei minhas certezas, minha esperança e minha coragem para a força do amor. Se não pudesse realizar grandes feitos, então me derramaria inteira, até que esse amor doesse ao máximo, naquela pequena contribuição que eu conseguiria dar.

Hoje tenho certeza de que o medo é tão somente um obstáculo a transpor, a fim de que nos impulsionemos, pela fé e pelo amor, rumo às realizações que, mesmo pequenas, podem modificar o panorama do globo.

Quando analiso o que podemos realizar de bom para a construção de um mundo melhor, não me ponho a pensar em coisas numerosas e vistosas, obras beneméritas de realce perante os homens. Penso que todos podemos vencer a barreira do medo inicial, bastando para isso não nos candidatarmos a iniciativas imensas ou complicadas, que chamem a atenção. Ao invés disso, o ideal é nos atermos ao nosso círculo de ação, na medida certa da nossa capacidade de amar.

Cristo, conforme compreendo sua mensagem, jamais nos pediu que fizéssemos grandes feitos ou fôssemos santos, missionários. Pediu-nos apenas que amássemos. E é claro que tinha consciência, ao formular semelhante pedido, de que cada um de nós amaria numa medida e numa dimensão diferente. De modo que não há lugar para comparações entre o que esta ou aquela pessoa fez ou faz pela humanidade; o que se pode confrontar é a coragem individual em demonstrar o amor com que se é capaz de amar.

Levando em conta tudo o que disse, tenho para mim – em minha pequenez de alma – que o medo geralmente representa apenas uma restrição temporária do amor, que tenta libertar-se dos limites estreitos das interpretações humanas. Pronuncio essa frase com o seguinte significado: o amor teima em irradiar-se, em empolgar-se, em envolver-se com o ser humano. Quando essa força eterna a que chamamos amor é tolhida pelo medo ou por alguma outra atitude do homem, ela se retrai. Esse amor, então, retém-se num casulo, fica concentrado ou latente, como uma semente que aguarda a hora de irromper da escuridão do casulo humano e manifestar-se nas obras de progresso, benemerência e altruísmo. De acordo com esse raciocínio, o medo pode ser visto como o amor mal direcionado; uma casca na qual o amor é aprisionado temporariamente e que impede o homem de realizar-se de forma plena.

Evidentemente, há pessoas que descrevem melhor o medo no ser humano; no entanto, prefiro essa minha definição, que aprendi com a experiência, com a vida e com os meus pobres, com os quais me envolvo de maneira particular.

Como se pode ver, ante cada obstáculo que o medo constrói, podemos nos amar de maneira tão intensa – amar nosso ideal, nossa meta – a ponto de esse obstáculo se romper, e aí podemos encontrar esta força, represada durante tanto tempo dentro de nós: o amor. Descobriremos que, como disse o Nosso Senhor Jesus Cristo, podemos fazer muito mais.[50] E ouso complementar, com minhas palavras de aprendiz, que podemos fazer muito mais – em benefício de nós mesmos. Pois, mesmo quando fazemos algo pelo próximo, o alvo principal de nossa ação somos nós mesmos. Quando criamos coragem de fazer algo, ainda que seja algo errado, que, mais tarde, será cobrado por nossa consciência, somos nós o centro do interesse.

Toda essa realidade nos fornece um roteiro precioso para seguirmos em nossas tentativas de acerto: um roteiro

[50] Cf. Jo 14:12.

da ética em nossa religiosidade e em nossas religiões, um caminho de equilíbrio em nossas ações pessoais, uma rota de honradez em nossos empreendimentos políticos, também. Por falar nisso, é sempre bom lembrar que Jesus, o maior estadista de todos os séculos, embora tenha vivido em meio aos pobres, jamais tirou partido disso. Além da retidão de caráter, é forçoso concluir que a coragem foi dos seus mais notáveis atributos, pois não há dúvida de que foi necessária tremenda coragem, e de natureza divina, a fim de que modificasse para sempre a história da humanidade, como somente ele conseguiu fazer. Foi preciso superar o medo diante da cruz e vencer os temores de seus amigos e companheiros, com firmeza e coragem suficientes para subir o Calvário e ser erguido entre a terra e o céu – permanecendo, assim mesmo, de braços abertos para o mundo.

"O MAIOR ERRO? O ABANDONO."

Muita gente no mundo sente-se abandonada. Outros tantos deixam seus compromissos e esquecem os tratados, os deveres, menosprezando aquilo e aqueles que conquistaram. Buscam distrações no caminho de forma a mascarar suas atitudes com o próximo.

Ao assumirmos um compromisso com o coração de alguém, com a felicidade de alguma pessoa que Deus põe em nosso caminho, deveríamos refletir se temos condições de levar avante o combinado. De maneira mais ampla, Deus nos inseriu no contexto do mundo em que vivemos com o compromisso de renovação da humanidade. Somos nós seus instrumentos para amparar, amar e acolher aqueles que Ele colocou em nossas vidas.

Costumamos desculpar-nos pela falta de tempo de dar atenção a quem dela necessita. Conquistamos um coração e, então, deixamos que o trabalho ou outras coisas nos distraiam do objetivo maior, que é viver plenamente esse amor que inspiramos. Quantas famílias se destroem porque um dos seus elementos se descuida na caminhada e deixa de fomentar, estimular e cultivar o amor?

O amor é feito de pequenas coisas no dia a dia. É cultivado por gestos, atitudes e palavras que adubam essa semente que um dia nos inspirou a felicidade. Acostumamo-nos com as pessoas e deixamos que o amor se esfrie em inúmeras desculpas, que pretendem justificar o pouco tempo dedicado ao cultivo do amor e o esfriamento da chama que nos inspirou a vida algum dia.

Quero me referir ao abandono – uma espécie de água fria em qualquer relacionamento humano.

Mas não falo apenas do abandono nas relações de amor e amizade; quero refletir também sobre o abandono das tarefas que nos foram confiadas. Lembro as palavras do Cordeiro à igreja de Éfeso, que São João Evangelista registra no Apocalipse: "Tenho, porém, contra ti que deixaste o teu primeiro amor".[51]

Quem sabe nosso relacionamento com o trabalho de Deus ou com a pessoa que é nossa parceira de ideal e de vida faça jus a novo investimento?

Algo que muita gente já disse, já repetiu ou deixou gravado de alguma maneira merece ser apreciado neste enfoque que dou agora. É que costumamos perceber o valor real das

---

[51] Ap 2:4.

coisas, das pessoas e das oportunidades somente quando as perdemos. Fico a observar como deixamos passar a oportunidade de valorizar aqueles que nos deram de sua vida, de seu tempo e contribuíram com qualquer número de realizações. Estenderam a mão, fizeram companhia, dividiram os passos; estiveram ombro a ombro, mesmo que de maneira diferente da que desejaríamos. Mas e aí? Quando a pessoa que amamos finalmente se vai ou quando encontra outra que invista mais numa relação sadia e próspera para ambos, então nossos olhos se abrem. Um pouco tardiamente, entretanto.

No momento em que acordarmos para o fato de que fazer o bem ao outro é fazê-lo a nós mesmos; que ser bom com o próximo é uma atitude inteligente conosco – inclusive uma questão de pragmatismo, até certo ponto –, então se terá passado muito tempo e se haverá perdido muita felicidade.

Em relacionamentos quaisquer há sempre desafios de ambos os lados. Porém, quando, às voltas com tais desafios, o ser amado ou companheiro de nossas almas passa a ficar em silêncio em demasia ou com maior frequência, concordando com tudo que falamos ou com nossas desculpas, então podemos ver nessa atitude um sinal de que o abandono está fazendo seu estrago silencioso. Eis um sintoma provável de que a pessoa que amamos está escapando-nos aos limites do coração. O silêncio pode denotar cansaço em relação ao quadro de abandono em que se encontra. Caso persista, esse sentimento costuma levar a reações como desistência, por parte de uns, ou conformação, para outros. Obviamente, nenhuma das situações é desejável. Precisamos aprender a soletrar as palavras de um silêncio eloquente, antes que seja tarde.

É de extrema urgência procurarmos rever quanto de mensagem está oculto nas entrelinhas da atitude de outra pessoa; quanto de Deus está presente na necessidade do outro. Muitas vezes, quem chora em silêncio não tem forças para chorar ostensivamente. Ou, o que é pior, julga que não vale mais a pena o clamor e o pranto, tamanha desilusão que inspiramos pelo abandono lento e progressivo que promovemos.

Quanta gente está abandonada, embora perto de nós. Quantos abandonamos, embora continuemos a abraçá-los, incentivando a dependência emocional ou mesmo exaurindo suas forças, sugando-lhes o produto das emoções. E, a despeito desse comportamento de absorver as energias do outro, ainda assim o abandonamos, deixando-lhe quando muito uma migalha de algo que definimos como amor, mas que está longe de ser isso.

Não pretendo, com minhas reflexões, induzir ninguém a pensar que é obrigado a tolerar aquele que já não faz parte de sua vida e suas experiências. Mas quero, sim, instigá-lo a examinar o que você tem feito com aqueles que cativou.

Como tem tratado, alimentado o amor que um dia você semeou e que agora míngua com as migalhas de sua presença, de sua atenção e com o que resta do seu tempo? Como pode pretender que algo tão forte como o amor vingue com as sobras de seu tempo ou com as rebarbas de seu carinho?

Digo isso por entender que os compromissos assumidos com o ser humano merecem de nós a máxima transparência e a postura mais elegante possível. É necessário convir que, quando uma relação termina, devemos ser transparentes a ponto de reconhecer que não temos condições de mantê-la. Com nobreza e honradez, devemos libertar o indivíduo sem viciá-lo em nossas migalhas, embotando sua capacidade de amar. Em resumo, precisamos ser fortes o bastante para deixá-lo prosseguir, se é que não temos condições de assumir definitivamente aquilo a que um dia aspiramos.

Abandono, a meu ver, é habituar alguém à nossa presença sem vida e sem a intensidade que o amor exige. Abandonar é, segundo outro ponto de vista, não deixar ir, não liberar e nem libertar a pessoa, mantendo-a cativa de nossas próprias necessidades e caprichos, iludindo-a com as gotas de alimento que deixamos cair sobre nossos relacionamentos. Irrigar o amor assim, mediocremente, é abandonar.

O mesmo também vale para os relacionamentos que temos com o próximo, de forma geral. Em qualquer circunstância em que podemos fazer mais, e contentamo-nos com menos; nas ocasiões em que podemos realizar algo para a transformação do próximo e nos aquietamos, deixando-o, de maneira infeliz, viciado no pouco que escapa de nossas mãos sem que ele cresça, progrida e procure novo rumo para sua vida – isso também é abandono, agravado pela ilusão de que estamos cumprindo com nossos deveres e pela falsa ideia de que estamos amando. Talvez, um amor doente, que não liberta nem alimenta.

Abandono pode ser muitas coisas. Sobretudo, pode ser reflexo de nossa incapacidade de amar mais intensa e plenamente. Eis por que transcrevi anteriormente a advertência de Nosso Senhor, aplicada a este contexto, deixando aqui, como convite e alerta, a continuação de suas palavras, tal como as pronunciou: "Lembra-te de onde caíste! Arrepende-te, e pratica as primeiras obras".[52] Que cada um as interprete conforme sua consciência e seu momento de vida.

---

[52] Ap 2:5.

"A RAIZ DE TODOS OS MALES? O EGOÍSMO."

O egoísmo talvez não seja bem compreendido por nós, os que pretendemos seguir a Cristo. Falamos muito de amor, da força de transformação que o amor gera ou de que é capaz. Há quem afirme que o egoísmo é algo incompreensível para o cristão. Mas será mesmo que não existe egoísmo dentro de nós? Será que o amor que julgamos praticar está isento de qualquer interesse? Não será estimulado por pensamentos ocultos que buscam alguma forma de nos beneficiarmos, ainda que indiretamente?

Não pretendo definir o egoísmo, pois que não carece de mais definições, uma vez que tantos escritores já discorreram sobre o tema. Não sou escritora nem tampouco me aventuro a disputar com quem o é. Meu objetivo principal é analisar as intenções por detrás do bem que fazemos, do amor que doamos e do trabalho que realizamos. Aí, sim, deixo a cada qual a tarefa de definir se seu amor é efetivamente amor; se o bem e a caridade que pratica são mesmo o que alega ser; se suas intenções são realmente humanitárias, desprovidas de interesse pessoal.

Quando nos dedicamos ao bem e nos entregamos aos estímulos do amor, podemos afirmar rigorosamente que não estamos nos beneficiando daquilo que fazemos? Talvez admitir essa realidade já seja um começo, rumo a viver o amor em plenitude. Não ouso nem sequer especular sobre os interesses dos missionários criados pela humanidade. Discorro apenas acerca das pessoas comuns, como você e eu, que pretendemos levar a cabo o pouquinho de que temos condições; de nós, que passamos despercebidos em meio à multidão. Questiono-me, também, se meu próprio amor não é egoísta; se não estou mascarando-me com o pouco que considero possível edificar pelo próximo. Reflito se minhas próprias ações não decorrem do medo dos infernos, da consciência culpada, do castigo ou do juízo alheio. Vasculho meu interior à procura de algo, alguma coisa que esteja em desacordo com os projetos de Cristo e seus ensinamentos. Busco minhas motivações reais, sem máscaras e sem disfarces.

Quando um dia falei que o maior dos males é o egoísmo, quis dizer das verdadeiras motivações de nossas atitudes. E é o que pretendo buscar em mim a cada dia.

Observo pretensos missionários querendo se passar por tais, a evocarem sua condição religiosa a fim de serem reconhecidos como enviados de Deus. Torcem para que alguém note sua tremenda humildade; esforçam-se por se mostrar como diferentes dos outros – que frequentemente realizam trabalhos de igual ou maior vulto e valor. Quando vejo isso, fico pensando nos motivos, nas motivações para agirem assim. Será algo verdadeiro e real esse amor, essa dedicação à causa que acreditam seguir? Será que são missionários de si mesmos, de suas ideias, de seus próprios sentimentos, e se confundem com enviados de Deus?

Queiram me desculpar os eleitos, os missionários, pois nunca os conheci pessoalmente. Sempre me envolvi com os fracos e oprimidos, com meus pobres, que me davam trabalho suficiente para manter-me ocupada durante toda a existência, de modo que não tive uma única oportunidade sequer de conhecer um missionário de perto, um dos que clamam ser enviados de Deus. Assim sendo, meus questionamentos não visam àqueles que foram eleitos, tampouco aos santos fabricados pela religião e religiosidade.

E, se acaso espera que eu me comporte como uma santa, estará enganado quem pensa assim. Talvez eu possa ser, no máximo, uma santa da escuridão, aquela que se expõe em meio às trevas da ignorância e fica por lá, entre os simples e necessitados. Se agora retorno para falar, é para os simples e comuns que endereço minhas palavras, como eu mesma me considero.

No entanto, não quero mascarar a situação alimentando a crença de que todo pobre seja simples. Aprendi em meu ministério que muita gente paupérrima pode ser orgulhosa.

E como! Espero que compreendam que, quando falo de pobres, refiro-me não só àqueles que estão socialmente em situação de miséria, mas, acima de tudo, aos pobres de espírito. É a estes que me dirijo.

Procuro estudar as palavras do Novo Testamento e verificar se nos exemplos dos cristãos primitivos não existe motivação diferente daquela que anima os cristãos de hoje em dia. Na era da internet, da televisão, das viagens espaciais, dos aviões e das grandes descobertas científicas, gostaria sinceramente de saber se há algum interesse no bem que realizamos, no ideal que abraçamos ou na projeção e exposição de nós mesmos, que somos levados a aceitar e até acentuar, em nome não sei de quê ou de quem.

Ao analisar a questão das motivações, visando sondar a respeito do egoísmo e do amor que nos impulsiona, procuro também entender este grande mistério: por que – se a causa é o bem, se o ideal é o de Cristo e se a motivação é o amor –, por que razão os representantes do Cordeiro de Deus nunca se dão bem entre si? Pergunto-me isso porque, afinal de contas, não trabalham juntos, numa causa comum? Não era de se esperar que tivessem diálogo mais franco e aberto, uns com os outros? Se o propósito que os move é o ideal, por que então se colocar em lados opostos e tentar fazer sucesso sendo indiferentes ao método, à ética e ao outro, que trabalha em prol do mesmo objetivo, ainda que em outro aprisco? Por quê? Por quê?!

Se alguém tem resposta a esses meus questionamentos, por favor, diga-me, pois ainda não descobri a verdadeira motivação que nós, cristãos, temos para as tarefas que fomos convidados a realizar, em nome do Nazareno.

Espero sinceramente que, quando a morte chegar e o juízo da consciência se estabelecer no íntimo de cada cristão, não sejamos acometidos de amarga decepção com nossas verdades relativas, nossos conceitos de amor, dedicação, lealdade, boa vontade e, principalmente, com a imagem que fazemos dos chamados anjos de guarda, nossos cultuados santos e mentores.

Talvez devêssemos nos preocupar bem mais com nossas motivações do que com as realizações em si. Antes de empreender algum trabalho, antes de atribuí-lo à inspiração espiritual ou de levar a efeito alguma tarefa envolvendo pessoas e comunidades, seria interessante estabelecer algumas questões. Quem está por trás desse trabalho: nós ou Jesus e seu ideal? Quem se beneficiará com ele: nós mesmos ou o próximo? Qual será o público-alvo inicial e final daquilo que pretendemos fazer? Nós? O próximo? A humanidade? E, por último: como empregaremos os recursos provenientes da iniciativa planejada? Será tudo canalizado ao próximo, a alguma obra humanitária e de promoção do ser humano – ou de nossa promoção pessoal?

Ao meditar sobre as motivações que norteiam nossos atos, sondando se somos movidos pelo egoísmo ou pelo amor e pelo ideal, convém relembrar as palavras de Jesus: "Cada árvore é conhecida pelo seu próprio fruto".[53]

Não me atrevo a pensar no resultado de inúmeras boas obras que vejo por aí, nem a censurar tanto amor mal-interpretado e muitos ideais que se divulgam por todo canto. Contudo, quero incitar reflexões mais profundas a respeito do que está por trás do trabalho que realizamos; anseio que desenvolvamos a coragem de admitir publicamente as verdadeiras raízes e finalidades do pretenso amor e da dedicação que temos à causa de Cristo. Faço essas perguntas a fim de que você avalie a natureza do que faz – se é amor genuíno ou, simplesmente, egoísmo velado.

[53] Lc 6:44.

"A DISTRAÇÃO MAIS BELA? O TRABALHO."

Há diversas formas de distração. Umas, boas, elegantes, simples; outras, complicadas, complexas, de caráter bastante duvidoso.

Muitas vezes nos distraímos do objetivo ou do ideal que nutrimos devido a situações e atitudes que nos levam a caminhos tortuosos, adiando nossa satisfação e nossa meta espiritual. Aí está uma forma muito comum de autossabotagem: estabelecer metas a serem alcançadas na vida, em qualquer âmbito, e desviar-se da rota pelo atalho, pelo percurso mais curto, através de escolhas que abortam o próprio empreendimento.

Quanto a mim, que estou aprendendo a seguir as pegadas de Cristo, tenho meditado na força e no poder do trabalho. Mas não falo somente do trabalho profissional, a que quase todos se dedicam para o progresso e a manutenção de sua vida social e familiar. Refiro-me ao trabalho em sua acepção mais ampla, da influência que traz sobre seu futuro e sua vida, em todos os âmbitos, bem como naquilo que acarreta na formação da sociedade. Trabalhar, trabalhar de verdade – não apenas como pretexto para qualquer coisa, como alguns fazem, nem como uma máscara que visa esconder a ociosidade através de subterfúgios e de movimentação improdutiva, de alguma atitude que, no fundo, apenas bloqueia a capacidade de produzir, crescer e amar.

Ao empreendermos uma tarefa qualquer, seja na esfera da espiritualidade ou das questões de ordem puramente socioeconômica e material, temos de considerar que a força do trabalho é tão grande que pode ser medida e vir a aumentar na mesma proporção com que perseveramos em nossos esforços. Ou seja, é preciso trabalhar com o espírito da perseverança, sem desanimar, insistindo na continuidade da tarefa. E, se for necessário mudar, mudemos apenas o campo onde plantamos, mas não o cerne, o objetivo que norteia nosso empreendimento.

Tomo como exemplo soberano os evangelistas enviados por Jesus, Nosso Senhor, para semearem a terra do mundo, dos corações. As dificuldades encontradas pelos desbravadores do reino de Deus foram obstáculos que, para nós, hoje em dia, certamente se afigurariam intransponíveis. Nós, que os sucedemos 2 mil anos mais tarde, achamos o solo dos corações, outrora agreste, já preparado, adubado e lavrado. As dores, é verdade, permanecem iguais às de mil anos antes; no entanto, trabalhamos em solo fértil, com os empecilhos naturais a todo projeto ou realização. Mas será que conseguimos mensurar o grau de dificuldade enfrentado pelos cristãos da primeira hora? Honestamente: será que lidamos com a mesma espécie de desafio na atualidade?

Paulo foi um desbravador, um pioneiro que enfrentou a fúria de seu tempo, as lideranças pagãs de um sistema que, hoje, já viu muito de sua força se esvair. A civilização contemporânea, a organização social que conhecemos, no que tange à religião, e mesmo à política, na minha modesta opinião, deve sua existência à força de trabalho do guerreiro Paulo de Tarso. Foi ele um dos que mais influenciou o mundo ocidental com a atuação e o exemplo de perseverança que ofereceu, além da dedicação inquebrantável àquilo em que ele acreditava e às verdades relativas que pregou em seu tempo. Colhemos na modernidade os frutos de um trabalhador notável, um bandeirante que soube utilizar os instrumentos que Deus lhe deu e multiplicar os resultados por meio da perseverança e da dedicação.

Observo, com bastante frequência, aqueles que assumiram alguns compromissos, às vezes a liderança de algum projeto, uma empresa ou qualquer outro empreendimento. Noto como costumam resmungar, sobretudo os que dirigem tais tarefas, reclamando que têm de deixar certas regalias, certos costumes e mesmo algumas situações de fato importantes para si, em função do compromisso maior – o trabalho –, que se afigura prioritário. Mas quero ponderar, lembrando que, no mundo, não podemos ter tudo o que desejamos; desconheço quem, entre os mortais, possa ter e administrar tudo o que quer, simultaneamente, sem abrir mão de alguma coisa.

Quando consideramos o trabalho profissional e o trabalho espiritual, aí sim, temos de convir que não há como conciliar muitas coisas que, aos olhos do sistema em que estamos inseridos, parecem normais e comuns. De fato, faz-se necessário abdicar de diversas coisas de que gostamos e que julgamos importantes: às vezes, sacrificam-se o lazer, a diversão, o esporte ou alguns momentos de vida social em função do ideal, do trabalho que administramos, abraçamos e nos foi confiado. Como se sabe, não há mais do que 7 dias na semana nem mais do que 365 dias no ano. Dessa forma, a dedicação a uma empresa, a uma tarefa de caráter espiritual ou a um ideal inevitavelmente ocupará a maior parte de nossas horas, nossas forças e nosso dia a dia. E não digo que estejamos perdendo tempo; pelo contrário, estamos *investindo-o*, e não só o tempo, mas também a vida, as energias e a juventude de que dispomos em algo muitíssimo maior do que podemos aquilatar.

Se, por um lado, semelhante empreitada exige dedicação integral e perseverança de nossa parte, por outro, pode nos ensinar a abrir mão ao menos de uma parcela da rebeldia que carregamos, visando encontrar prazer e satisfação no exercício mesmo de nossa ocupação. Se porventura nos vemos impedidos de frequentar o meio social que apreciamos em função das atividades assumidas, descubramos, durante sua execução, um método diferente e mais agradável de nos relacionarmos uns com os outros. Caso não consigamos praticar o esporte que gostaríamos devido à necessidade de dedicar-nos ao ideal e às obrigações, que reclamam maciça aplicação de tempo e de forças, procuremos transformar os momentos de labor em algo o mais agradável possível – sabendo, é claro, que tudo no mundo demanda esforço, investimento e persistência. E não adianta rebelar-nos contra esse sistema. Nossa revolta, rebeldia ou insubordinação serão inócuas e apenas nos farão, aos olhos de quem convive conosco, pessoas amargas, intragáveis; insuportáveis, muitas vezes.

O trabalho precisa ser visto por nós como fonte de recursos, de felicidade e como oportunidade de desenvolver o amor. Acho até que podemos usar os momentos e desafios do nosso trabalho para criar, exercitar nosso gênio, nossa inventividade na adaptação ao estilo de vida que, por enquanto, não podemos modificar.

Todo esse esforço, todo esse investimento que o trabalho exige pode ser transformado em prazer; pode ser cultivado de maneira a converter o tempo e os intervalos entre uma tarefa e outra em algo agradável, que gere satisfação.

No entanto, é importante considerar outro aspecto,

outro lado dessa mesma moeda. Estou convicta de que a insatisfação que inúmeras vezes sentimos em relação à dinâmica trabalho *versus* lazer – acompanhado de outras regalias que julgamos indispensáveis, mas inconciliáveis com nossa tarefa pessoal – deve-se menos ao sistema em que estamos inseridos e mais à nossa incapacidade de nos organizarmos. Em nossa indisciplina e rebeldia, debatemo-nos porque as coisas não são nem funcionam como desejamos e acreditamos ser correto e ideal.

Portanto, transformar o trabalho em motivação, ver no trabalho a maior fonte de recursos que temos para promover nosso próprio progresso e manter nosso estilo de vida, por si só, deveria ser suficiente para valorizá-lo ao máximo, sobretudo na força de transformação que oferece.

Como não podemos ter tudo o que queremos, talvez o melhor caminho seja simplificar nosso estilo de vida e nossos conceitos, a fim de que possamos viver bem com aquilo que temos, seja muito ou pouco – até porque *muito* ou *pouco* são ideias bem elásticas e bastante relativas.

Podemos avaliar judiciosamente o valor do trabalho quando experimentamos momentos de maior lucidez e começamos a perceber as coisas, a satisfação que ele proporciona e as inúmeras possibilidades que faculta. Observando por esse ângulo, torna-se claro que só possuímos o que possuímos devido ao trabalho. Só é possível manter o estilo de vida que usufruímos em virtude da força e dos resultados que o trabalho oferece. Por que, então, não transformá-lo numa distração construtiva, produtiva e sadia, que nos dê prazer?

Reportando-nos uma vez mais às obras dos primeiros discípulos do Nosso Senhor, noto nas palavras do Novo Testamento a expressão e o fulgor de enorme entusiasmo[54] no desempenho dos papéis para os quais foram escalados e na execução das incumbências que lhes cabiam. Criaram vínculos de amizade, afeto e prazer[55] durante sua própria jornada, que, naquele momento histórico, foi repleta de árduos desafios. Incansável foi sua dedicação ao amor, e, por isso, colhiam frutos de satisfação pessoal e espiritual naquilo que empreendiam, à medida que o faziam.

O que ocorre conosco, os religiosos e os que pretendemos nos espiritualizar, é que vivemos em constante conflito entre o trabalho ao qual nos dedicamos e a vivência sadia do lazer, da diversão e de outros aspectos da vida que desejamos

---

[54] Cf. At 5:41; 8:8; 2Co 6:10; 7:4; 1 Pe 1:8 etc.

[55] Entre diversos exemplos que se poderiam citar a fim de demonstrar tais vínculos, talvez o mais expressivo seja o relato de Lucas sobre os primeiros dias da igreja primitiva: "Todos os que criam estavam juntos e tinham tudo em comum. Vendiam suas propriedades e bens, e repartiam com todos, segundo a necessidade de cada um. Perseverando unânimes todos os dias no templo, e partindo o pão em casa, comiam juntos com alegria e singeleza de coração" (At 2:44-46).

muitíssimo experimentar, mas que, devido à nossa vocação, não vemos como conciliar. Ora, por que então perder tempo com a rebeldia, que afoga ainda mais nossa capacidade de produzir e ser felizes? Se, ao menos por enquanto, não há como solucionar esse impasse, utilizemos o trabalho não somente como fonte de energia, de progresso e satisfação pessoal, mas também como oportunidade de aprendizado.

Ninguém no mundo pode tudo. Compete a nós a descoberta de qual é o foco de nossa vida, bem como reconhecer, perante nós mesmos, que, tão logo direcionemos nossas forças e capacidade de trabalho para determinado objetivo, inexoravelmente eliminaremos de nosso horizonte certas vivências que são inconciliáveis ou difíceis de compatibilizar com aquilo que constitui a base de nossas metas pessoais. Infelizmente, ninguém inventou uma forma de acomodar ou harmonizar tudo. Escolher significa abdicar de várias coisas em detrimento de uma; não há como escapar a essa realidade. Ademais, se confiamos na sabedoria e na providência de Deus, nosso Pai, temos de convir que talvez a vida ponha limites justamente onde nosso bem-estar e nossa segurança espiritual estariam ameaçados.

Apesar disso tudo, está a nosso alcance descobrir uma maneira de transformar o trabalho na melhor de todas as distrações, com fins produtivos e de modo a produzir grande lucro, no que concerne à felicidade pessoal.

Todas essas coisas tenho aprendido ao ler as páginas do Evangelho do Nosso Senhor. Medito longamente, indagando-me se acaso tenho tido sabedoria suficiente para descobrir, no trabalho que assumi perante a vida, as mil maneiras de encontrar felicidade, de sorrir, de me distrair dos problemas e de ser feliz com aquilo que posso, da forma como me foi concedida por Deus, nosso Pai.

Talvez essas minhas palavras a respeito do trabalho – seu valor, suas inúmeras facetas e mil oportunidades – não representem nada para aqueles que teimam em nadar contra a maré, ou insistam em se rebelar, opondo-se ao curso natural do rio da vida. No entanto, considero que, para aqueles que almejam encontrar um meio agradável de conciliar seu ministério, seu trabalho e sua vida com os momentos agradáveis que podemos usufruir enquanto trabalhamos para o Senhor da vinha, essas palavras poderão, no mínimo, dar o que pensar e propiciar boas reflexões.

Espero que esses irmãos possam estudar o Evangelho de Nosso Senhor e os demais livros do Novo Testamento, que trazem a descrição da vida e das lutas dos santos apóstolos, mais como fonte de inspiração para o modo de vida a ser adotado, fecundando o estilo de vida que levam, e não somente como roteiro de religiosidade.

Que aprendamos juntos a descobrir que estamos na Terra a fim de trabalhar por um mundo melhor, e não para tirar férias e gozar das coisas que oferece – como se fossem nossas por direito, ao invés de uma concessão divina –, em detrimento da tarefa que abraçamos. Teremos muito mais de mil anos pela frente para reconstruir o planeta que agredimos e com o qual contribuímos diminuindo sua qualidade, ao longo dos séculos. A boa nova é que, embora intenso trabalho nos aguarde, é possível encontrar, nesse mesmo trabalho, a satisfação, a alegria e o alimento de que carecemos, desde que não nos rebelemos contra as leis da vida, que determinaram para nós o roteiro a seguir. Ao nos dedicarmos ao labor e aos deveres com amor, sem nos insurgirmos contra as leis supremas da vida, nem tampouco nos deixarmos levar por cobranças e angústias advindas de nossas limitações, veremos como o próprio trabalho se converte na alegria do trabalhador.

"A PIOR DERROTA? O DESÂNIMO."

O desânimo pode ser definido como falta de alma, de entusiasmo, de motivação. Pessoalmente, considero essa falta de vida naquilo que fazemos não somente a razão da derrota, mas a derrota em si.

Há momentos em que não encontramos motivação que dê vida ao que realizamos, ou mesmo certas ocasiões em que até nos dedicamos a qualquer projeto – seja do ponto de vista da religiosidade, da espiritualidade ou meramente do trabalho mundano – sem, contudo, depositarmos alma, derramarmos amor e nos apaixonarmos por aquilo que fazemos. Acredito que, nessas horas, já somos derrotados; não colhemos a vitória nem provamos o sabor da conquista, de viver essa experiência. Requer-se muito tempo e dedicação, muita alma e muita paixão para que o trabalho e seus frutos sejam usufruídos em plenitude.

Se porventura percebemos que o fervor na dedicação ao trabalho se foi, se de alguma maneira deixamos para trás a paixão por nossas realizações, e não mais ansiamos e sonhamos com as funções que nos cabem, é hora de renovar nossa vocação com urgência. Corremos o risco de perder o sabor de viver, caso não tomemos nenhuma providência. Por experiência própria, asseguro que, diante de semelhante crise, não adianta mudar de lugar; não resolve trocar de atividade, igreja ou profissão. O problema é que deixamos se perder ao longo do caminho o sonho, o entusiasmo, a paixão. Tornamo-nos amargos tanto com o desenvolver do trabalho quanto com a colheita dos frutos.

Como regra geral, isso acontece quando esperamos, de alguma forma, que continuemos como centro das atenções ou que o trabalho gire em torno de nós. Em determinada altura da vida, Deus dá novo direcionamento às nossas aspirações; convoca outras pessoas a assumirem e levarem avante a tarefa que abraçamos e nos mostra que nossos afazeres podem ser cumpridos com mais qualidade e de maneira diferente. A verdade é que não resistimos à realidade da vida; não gostamos de saber que não somos a pessoa mais importante da atividade, da família, do trabalho religioso. Mascaramos nossa insatisfação projetando no outro, na instituição ou na empresa uma culpa que não existe. A responsabilidade é inteiramente nossa, pois tudo nasceu do orgulho ferido.

Esperamos sempre que o trabalho renda mais, mas paradoxalmente nos afastamos mais e mais da responsabilidade de acompanhar o processo; aguardamos resultados promissores, ao passo que entregamos ao outro a incumbência de produzir esses mesmos resultados. Nesse ponto, o desânimo aparece como manifestação do fracasso pessoal. E não adianta atribuir àqueles que nos cercam a ausência de números interessantes. Igualmente, de nada resolve cedermos à melancolia, à depressão, às cobranças e à procura de culpados. Falta-nos vida, faltam-nos paixão, amor e entusiasmo, que se esvaíram ao longo de nossa caminhada – não sem nossa permissão.

Desânimo é, portanto, a escassez de motivação e de foco; é esquecer o apaixonar-se por aquilo que se faz. Desanimar diante de qualquer tarefa, por sua vez, é sobretudo perder o brilho da vida; perder-se e deixar passar a oportunidade de ser feliz aqui e agora.

Vejo como derrota pessoal, íntima, essa falta de derramar-se por inteiro naquilo que realizamos. Entendo que desanimar ou deixar faltar a seiva de vida que irriga a tarefa abraçada, seja de que natureza for, equivale a morrer, murchar. E nada há mais triste do que encontrar um trabalhador, outrora zeloso de seu chamado divino e dedicado à sua vocação, que permite arrastar-se por causa de questões trazidas à tona tão somente como incentivo a seu aprendizado, mas que agora servem de pretexto para seu afastamento.

O indivíduo murcha aos poucos, perde a vitalidade e o viço no olhar; perde-se em meio àqueles onde costumava despontar, como referência. Se porventura retoma a tarefa que desempenhava, vive às voltas com desculpas, procurando justificativas e explicações na esperança de aplacar sua mágoa, sua amargura e seu desapontamento consigo. Porém, sem a seiva que nutre a vida espiritual, ainda que retorne à tarefa, esvai-se o ardor, e o ser se apaga ou permanece à margem do trabalho, como espectador. Já não se sente apto a partilhar da alegria dos demais trabalhadores, com quem dividiu, um dia, a satisfação e a felicidade de ser um representante da vida. Caminha entre os seus como uma sombra, como alguém ligeiramente fora do lugar, pois não mais se integra à corrente, ao veio que conduz vitalidade à tarefa. Semelhante à estrela que se apagou, essa pessoa, que chegou a ser fonte de inspiração e autoridade para os membros da comunidade, gradativamente permitiu que suas emoções nublassem o contentamento de colher frutos – aliás, não os colhe, sobrevive apenas das migalhas, com as quais se conforma.

Faz-se necessário muito maior esforço para recomeçar – e adquirir novamente a vida, a motivação e a alegria de servir – do que foi necessário quando do movimento inicial que conduziu ao prazer de viver, conviver e compartilhar. Sempre o recomeço é mais difícil quando o desânimo aparece e se instala no cenário da vida interior.

Como proceder para reconquistar o prazer de viver, de ser feliz, de pertencer e de compartir? Não há novidade; a melhor forma ainda é o recomeço. Para iniciar, é preciso reavaliar os passos que levaram ao esfriamento, ao afastamento ou às desculpas, procurando sondar suas determinantes; a seguir, compreender o mecanismo de autoboicote, de autossabotagem, e refazer metas. Porém, é preciso suficiente lucidez para perceber-se como artífice, como sujeito e principal responsável no processo de abortar o crescimento pessoal. Essa etapa só é vencida caso se interrompam imediatamente os hábitos de desculpar-se, lançar mão de justificativas intermináveis e, principalmente, adotar postura defensiva. Uma vez estabelecidas novas metas, nada mais eficaz e precioso do que esforçar-se de forma consciente, deixando de lado tudo aquilo que se transformou em motivo de esfriamento, de desânimo.

Vejo muitas vezes pessoas que se afastam de seu ideal devido à família. Sob a aparência nobre desse gesto, frequentemente se escondem razões obscuras, pois se julgam indispensáveis ao apoio familiar. Ao abraçarem este ou aquele desafio – que não lhes pertence –, privam o ente querido da ocasião de crescer e progredir, de aprender e amadurecer. Agem assim motivadas unicamente pela emoção, inteiramente submissas a essa força, e com isso destroem sua própria espiritualidade, abandonando-a e esmorecendo no desempenho da tarefa que antes abraçavam.

Como se não bastasse, ao mesmo tempo conseguem

estragar a oportunidade que seu parente ou amigo recebeu da vida, a fim de que empreendesse sua educação pessoal e espiritual. Pervertem os desígnios da Providência para aquele com quem convivem, assumindo-lhe o papel e tomando para si responsabilidades que a elas não cabem. É assim que tais pessoas sufocam a alma que dizem amar, asfixiando-a com cuidados desmedidos e absolutamente dispensáveis, dentro do plano de reeducação traçado por Deus.

Perdoem-me os que procedem de tal maneira, mas isso não é amor; está longe de ser amor. Aliás, julgo, em minha limitação pessoal, que isso não passa de egoísmo e necessidade de controlar a vida alheia. Afinal, não se deixa o outro respirar e absorver as lições da vida; não se permite que sua reeducação e seu aprendizado, visivelmente necessários, transcorram no ritmo natural. Todos precisam, por si sós, desenvolver-se, amadurecer e viver suas próprias experiências, construindo sua história sem estar à sombra de ninguém.

Curioso é escutar lamentos ou mesmo preces e orações daqueles que agem da forma superprotetora que acabamos de descrever. Em seu petitório, clamam por soluções e pela intervenção dos anjos de Senhor, a fim de que promovam mudança, melhoria em seu familiar. Que o sensibilizem, que toquem seu coração para a necessidade de modificar o comportamento inadequado. Ora, mas como?! – pergunto eu. Como o próximo, seja filho, marido, mãe, pai ou irmão, conseguirá perceber em que deve ser diferente, se é privado de todo estímulo que a vida lhe concede nesse sentido? Como, se há alguém a preservá-lo dos desafios e a envolvê-lo numa redoma emocional que estanca todo o fluxo de renovação e aprimoramento?

O indivíduo que assim se comporta não raro esmorece na tarefa que recebeu para seu próprio crescimento, pois gasta toda sua energia saturando o outro com seus desvelos e inquietações, presumindo, com tal atitude, concorrer para o cumprimento de seu dever. Não obstante, quando analisamos os resultados dessa atitude, vemos que o sujeito dessa ação esfriou, esqueceu seu compromisso individual. Na verdade, substituiu o foco da sua vida, que agora se debruça sobre preocupações alheias; trocou o norte de posição, elegendo como prioridade o que seria para ele apenas mais um incentivo, algo em que participaria – como coadjuvante – na história de alguém. Isto é, mudou as metas de vida, de espiritualidade e desviou-se lamentavelmente de sua vocação.

Retomar o caminho antes palmilhado é urgente, enquanto a vida não nos leva para outros rumos. O desânimo que abate a pessoa ante os próprios compromissos deve e precisa ser combatido através da renovação dos votos, da vocação de servir, do compromisso assumido – quem sabe? – muito antes de nascer. Em geral, o desânimo esconde-se por detrás de sentimentalismos ou exageros de natureza emocional, bem como de deveres cujo cumprimento, na verdade, não é de nossa alçada, mas dos quais nos apropriamos indevidamente. Esse desânimo reveste-se de desculpas mil, de que temos outros afazeres e obrigações fundamentais, supostamente nossos, dos quais não podemos abrir mão, mas que infelizmente não são capazes de produzir em nós a satisfação real, genuína.

Procuremos então, a partir de uma reavaliação sincera, de uma atitude íntima corajosa, reacender a chama da fé, dar alma ou adquirir paixão por aquilo que fazemos e, assim, reaver o elo vocacional com a tarefa abraçada por inspiração divina. Quem sabe, assim, possamos renascer, reacender o ânimo, ressuscitar como Cristo, iluminados pelo sol da vida, da nova vida que fluirá de nossa conduta renovada?

Precisamos estimular, entre os novos cristãos, momentos de avivamento espiritual, de retomada da vocação, de reacender a chama do Espírito Santo que se apagou algum dia, a fim de que possamos voltar a viver com alma, com paixão, com vida aquele compromisso assumido perante Nosso Senhor, perante a vida e nossas consciências. Talvez seja essa a maneira de reconquistar a confiança perdida, a sensação de completude e de dever cumprido, a certeza de que somos felizes naquilo que abraçamos.

"OS MELHORES PROFESSORES? AS CRIANÇAS."

Com quantas crianças me relacionei em minhas peregrinações pela vida; com quantos adultos me envolvi durante minhas caminhadas pelos subúrbios e vilarejos... Quantas vezes não tive de me fazer criança – irradiar sorriso, alegria espontânea, satisfação com as coisas simples – a fim de transformar o sofrimento em brincadeira de criança, de modo a sobreviver com mais qualidade.

Quando Jesus Cristo disse que deixassem vir a ele os pequeninos,[56] falava de uma verdade muito mais ampla e profunda do que poderíamos imaginar em palavras tão simples. Ele afirmou que o reino dos céus pertence àqueles que se comportam como tais. De minha parte, posso atestar que, em meu ministério de servidora dos pobres, nunca aprendi tanto como quando estava com as crianças.

Primeiramente, é essencial levar em conta que o termo

---

[56] Cf. Lc 18:16, e Mt 19:14: "Deixem vir a mim as crianças e não as impeçam; pois o Reino dos céus pertence aos que são *semelhantes a elas*" (Nova Versão Internacional – grifo nosso).

criança não se aplica apenas àqueles que estão em idade infantil.[57] Pelo contrário. Ao ler os ensinamentos do Evangelho de Jesus Cristo, aprendi que ser criança, no conceito do Nosso Senhor, é muito diferente de estar na infância. Tenho aprendido que, acima de tudo, consiste em despertar e desenvolver certas características comumente atribuídas à criança, mesmo que estejamos na fase adulta.

A criança é espontânea e, ao menos no imaginário popular, sem maldade. Vê a vida com descontração, como brincadeira ou diversão, sem a conotação mórbida, complicada e sisuda que nós, adultos, frequentemente lhe emprestamos. Ainda de acordo com essa ideia geral, a criança permite envolver-se com as situações da vida com leveza, delicadeza; em suma: deixa-se conduzir conforme o fluxo que a vida lhe

---

[57] Ligeira consulta ao texto dos evangelistas corrobora esta afirmativa da autora (ver nota anterior). Talvez para enfatizar tal aspecto, muitas vezes se tenha optado pelo termo *pequeninos*, em vez de *crianças* ou *simples*, também chamados *pobres* ou *pobres de espírito*. Alguns exemplos: "Graças te dou, ó Pai, (...) que ocultaste estas coisas aos sábios e entendidos, e as revelaste aos *pequeninos*" (Mt 11:25; enquanto o análogo Lc 10:21 registra *criancinhas*); "não desprezeis a qualquer destes *pequeninos*", "não é vontade de vosso Pai (...) que um destes *pequeninos* se perca", "todas as vezes que o deixastes de fazer a um destes *pequeninos*, foi a mim que o deixastes de fazer" (Mt 18:10,14; 25:45); "do que fazer tropeçar um destes *pequeninos*" (Lc 17:2 – grifos nossos).

apresenta. Não se rebela, se conduzida com amor.

Sob essa interpretação ou segundo esse ponto de vista, posso afirmar que, entre meus pobres, conheci muitos adultos que eram verdadeiras crianças. Mas encontrei também, em meio à pobreza e à miséria, diversas crianças como que transformadas em adultos sofridos, cuja esperança no ser humano se perdera em virtude do abandono, da falta de amparo e amor a que foram submetidas. Estas me ensinaram quanto preciso amar mais, doar-me mais e trabalhar para eliminar a fome e a miséria de um mundo enfermo por causa da falta de amor.

Apesar da realidade triste com que deparei em muitos recantos, em muitos guetos – lugares que pareciam verdadeiros antros de escuridão –, aprendi largamente com pessoas que se comportavam como crianças, esperançosas, sorrindo entre os mais miseráveis que elas próprias, embora tivessem tudo para chorar. Entre habitantes dos subúrbios de Calcutá, entre prisioneiros infectados pelo HIV, a quem visitei derramando-me por completo sobre suas almas, inúmeras vezes pude ver que o sorriso ainda teimava em estampar-se em seus rostos; que a felicidade, apenas mascarada pela dor, permanecia irradiando deles, principalmente quando eu os abraçava, beijava e abrigava em meus braços, se não pudesse fazer nada mais por eles.

De passagem certa vez por uma prisão municipal,

dei-me conta de como tinha a aprender com aqueles que eram prisioneiros do sofrimento. Encontrei ali pessoas riquíssimas, cuja dor e padecimento fizeram eclodir seu lado criança. Maravilhavam-se com um simples aperto de mãos, com um abraço verdadeiro e apertado, com o ósculo que ganhavam de alguém jamais visto. Abriam-se ao abraço, como crianças espirituais que erraram mais por falta de educação e condução na vida do que por maldade, propriamente. Desabrochavam ante um sorriso e choravam ao ouvir as palavras do Evangelho de Nosso Senhor, lidas sem nenhuma pretensão de convertê-los ou convencê-los de que estavam errados ou eram pecadores. Tão somente eram amados, nada mais.

Eu meditava naqueles momentos, indagando-me sinceramente: será que eram adultos mesmo? Ou eram eles os pequeninos de Deus disfarçados em corpos sofridos, em seres de aparência triste, que apenas esperavam por nós, a fim de ampará-los e reconduzi-los aos braços do Pai?

Somente quem conviveu com as crianças de Deus, com os desiludidos, mas também esperançosos, é que pode ter uma visão do alcance e do significado escondido nas palavras de Nosso Senhor Jesus Cristo: "Em verdade vos digo que, se não vos converterdes e não vos tornardes como crianças, de modo algum entrareis no reino dos céus. Portanto, aquele que se tornar humilde como esta criança, esse é o maior no reino dos céus".[58]

Fico hoje a imaginar, ainda, quanto temos a aprender com as criancinhas. Quanto precisamos deixar brotar, renascer e crescer em nós a criança divina que dissimulamos ou soterramos ao longo da vida. Quanto a mim, como serva da humanidade, ainda hoje estou empenhada em descascar a crosta de seriedade e preocupação, de inquietações e tantas outras coisas que o tempo se incumbiu de sedimentar em mim, sufocando minha criança interior.

Creio firmemente que ser criança, viver como criança e deixar-se envolver com as crianças ainda é a melhor maneira de despertar a simplicidade no relacionamento com a vida, com o mundo e com Deus. Professores por excelência, as crianças ensinam brincando, ao passo que nós, que nos acreditamos maduros, pretendemos ensinar as crianças, estimulando-as a perder a simplicidade, incentivando-as a viver de maneira complicada, tentando incutir-lhes certo modo de ver o mundo e um padrão de vida mais sério, mas nem por isso melhor. Desejamos lhes ensinar deixando-as fora do abrigo doméstico, domesticando-as para viver fora do contexto familiar.

Por tudo isso e um pouco mais, ponho-me a pensar e me pergunto intimamente: Teresa, quem ensina quem?

[58] Mt 18:3-4.

Quem está aprendendo com quem? E mais ainda: quem deseduca quem?

Vejo muitos adultos a contrair responsabilidades grandes demais perante as leis de Deus e da vida por causa de suas atitudes descuidadas e desrespeitosas, incentivando crianças a adotar os hábitos nocivos que cultivam. Depois se desculpam e se lamentam, dizendo que o mundo mudou e que a juventude não é mais como antes, que precisa amadurecer e aprender a viver no mundo moderno. Meu Deus, como mascaramos nossas imperfeições com nomes diferentes, com vocabulário empolado e discurso pretensioso! Aos que assim preferem, para usar termos do repertório politicamente correto – prática inventada para abonar nossa habilidade de distorcer as situações –, temos agido com as crianças como se esperássemos delas respostas de um adulto, mas de um adulto que está deseducado para viver em família e em comunidade.

A despeito de tudo isso, ainda insisto que tenho crescido muito com as crianças. Eu, que me enquadro na categoria das pessoas ignorantes e que dependo muito do próximo para me aturar as indelicadezas e imperfeições, estou aprendendo com as crianças a viver com mais simplicidade, com mais espontaneidade, com mais alegria genuína e também como ser menos dura com a vida, com o outro, comigo mesma.

Talvez o que nos falte, nesse trato com o aprendizado

na vida, de fato seja desenvolver em nós determinados atributos peculiares à criança, a fim de que estejamos mais abertos ao método e à metodologia do amor, presente em toda a criação. Provavelmente foi isso que levou Jesus a afirmar, em sua oração de agradecimento a Deus: "Graças te dou, ó Pai, Senhor do céu e da terra, que ocultaste estas coisas aos sábios e entendidos, e as revelaste aos pequeninos".[59] Imagino que nos quisesse dizer, num código somente decifrado pelo amor, que devemos fazer-nos pequeninos, desenvolver em nós as virtudes de uma criança – a simplicidade, a abertura mental e emocional, isto é, a sensibilidade infantil –, de modo a podermos devassar a grandeza do infinito, a sabedoria verdadeira, e não apenas a inteligência.

Aprender das crianças e vê-las como professores pressupõe ir muito além da forma infantil; é enxergar em suas atitudes, bem como em sua resposta aos estímulos do mundo, um roteiro para desenvolver em nós os atributos que nos farão mais receptivos à escola da vida e sensíveis aos apelos do infinito.

---

[59] Mt 11:25.

"A PRIMEIRA NECESSIDADE? COMUNICAR-SE."

Como é difícil para o homem se comunicar, entender o outro e fazer-se entendido! No mundo, os meios de comunicação se multiplicaram nos últimos 100 anos. No entanto, a sensibilidade para ouvir, compreender o outro e colocar-se no lugar do próximo para perceber seu pensamento e seu modo de ver a vida parece carecer de maiores cuidados.

Quando analiso as dificuldades que ocasionam guerras, os conflitos humanos em geral, as brigas familiares e tantos aspectos que geram disputas infelizes, fico pensando se a falha não é exatamente na comunicação. Comunicar é uma arte, pois exige muito mais de sensibilidade do que de astúcia ou mesmo de técnica.

Estudo o Evangelho e vejo ali muitos exemplos de comunicação. É admirável como Jesus Cristo, sendo embaixador de um reino muito além de nossa compreensão, pôde se comunicar com as pessoas mais simples da época e dar-lhes boas noções dos conceitos e da política vigentes nesse reino. Como se isso não bastasse, escolheu termos e figuras que continuam fazendo amplo sentido para as pessoas que vivem hoje, 2 mil anos depois, num mundo considerado moderno. Isso tudo com a mesma linguagem, as mesmas palavras!

Em minhas meditações acerca dos acontecimentos protagonizados por esse embaixador das estrelas, tento ler o que está além das narrativas. Um dos aspectos mais interessantes a observar é o processo de comunicação com este mundo, ainda bastante primitivo, se comparado à realidade de onde veio – o Reino. Reli muitas vezes as entrelinhas de seu Evangelho, notando como lançou mão de linguagem figurada, mas nem por isso menos sábia; riquíssima, mas em momento algum empolada. Como essa linguagem pôde ser formulada de maneira a ser compreendida e interpretada, em qualquer época da história, por quem quer que lhe tivesse acesso, e, ainda por cima, sintetizando todas as grandes questões humanas... é algo que me impressiona e encanta. Com certeza essa era uma habilidade de Nosso Senhor Jesus Cristo, considerando-o não como ícone religioso, como muitos o fazem, mas como uma pessoa real, que viveu num dado momento histórico e se envolveu completamente com o ambiente, a sociedade e o que era próprio de seu tempo.

Ainda nesse sentido, tomando por base minhas reflexões sobre o Evangelho, sou levada a concluir que o método empregado pelo Galileu foi também o mais acertado, pois serve, ainda em nossos dias, como uma espécie de roteiro para que descubramos a melhor forma de exercer a arte da comunicação, evitando desperdício de tempo e energia, bem como situações de desgaste e conflitos mais intensos.

    Ele, o embaixador do país da eternidade, inseriu-se no contexto de seus ouvintes, viveu plenamente a realidade do outro e colocou-se na posição daqueles que pretendia auxiliar e ensinar. Talvez isso se assemelhe, aos olhos de quem se atualiza no conhecimento, a certas técnicas "modernas" de comunicação, de programação mental. Mas essa foi a técnica empregada por Jesus Cristo há 2 mil anos! E ele não parou por aí no seu empreendimento, no desenvolvimento de sua habilidade em comunicar-se – ferramenta essencial para a missão que se propunha desempenhar. Afinal de contas, a mensagem transmitida deveria ser lida, entendida e adequada a todos os momentos históricos que a humanidade viveria; ele precisava ser compreendido em todas as latitudes e culturas.

    Quem sabe, entre outros motivos, essa tenha sido a razão que o levou a usar a linguagem do povo, no contexto em que o povo vivia? Analisemos essa hipótese. Jesus detinha conhecimento e inteligência bem superiores à média de seus contemporâneos, e muitíssimo acima de toda a humanidade, se considerarmos que foi ele o Cristo, a expressão do pensamento de Deus Pai para criar o mundo. Apesar disso, soube falar de maneira que, em qualquer contexto social, pessoas com ou sem instrução formal lhe pudessem compreender. Isso é extraordinário, sobretudo ao lembrarmos que os homens sábios da época não haviam sequer despertado para a necessidade de aprimorar técnicas de comunicação, como hoje em dia entendemos. Ou seja, Nosso Senhor foi um homem à frente de seu tempo. Falou das mesmas verdades em diferentes ocasiões, adaptando sua linguagem conforme a realidade do ouvinte, com palavras que pudessem ser identificadas com o dia a dia de quem o escutava.

Para o povo simples das montanhas, usou dos elementos que lhe eram familiares. Falou-lhe de ovelhas perdidas; empregou, em linguagem figurativa, termos comuns aos pastores e à população que lidava com a agricultura e a pecuária. Utilizou-se da simbologia da plantação de mostarda,[60] da semeadura e do semeador,[61] falando-lhes de verdades mais profundas com termos que entendiam, de tal forma que não fosse imprescindível o acesso às letras – deveras incomum, à época –, nem a consulta aos sábios de então. Dispunham dos instrumentos essenciais para compreender o conhecimento que lhes ministrava, ainda que a maior parte não estivesse suficientemente madura para perceber o alcance e a

---

[60] Cf. Mt 13:31-32; Mc 4:30-32; Lc 13:18-19.
[61] Cf. Mt 13:1-9; Mc 4:1-20; Lc 8:4-8.

profundidade dos elevados conceitos que trazia.[62]

Aos que viviam em meio à multidão, às voltas com questões de ordem política, social ou econômica, falou da dracma perdida,[63] do exemplo da viúva que doou seu dinheiro no gazofilácio,[64] da moeda com a inscrição de César.[65] Assim, aqueles que lidavam com os aspectos financeiros da comunidade teriam um elemento comum em seu discurso, que os fizesse entender a mensagem do Galileu.

Aos religiosos e trabalhadores do templo, falou das leis de Moisés, dos conceitos morais inseridos na Lei e nos profetas, uma linguagem facilmente entendida pelos que se julgavam eleitos divinos para o trabalho no templo.[66]

---

[62] Até mesmo os 12 apóstolos diversas vezes interpelaram Jesus acerca do significado das parábolas que proferia. "Também vós não entendeis?" (Mc 7:18), expressaria ele em reiteradas ocasiões, algumas delas com indignação. A passagem mais expressiva, no entanto, deve ser a seguinte: "E neles se cumpre a profecia de Isaías: Certamente ouvireis, mas não compreendereis. Certamente vereis, mas não percebereis. Pois o coração deste povo está endurecido, e ouviram de mau grado com seus ouvidos, e fecharam seus olhos" (Mt 13:14-15). Ver também: Mc 8:21; Lc 9:45; Jo 8:27,43; 10:6; 12:16 etc.

[63] Cf. Lc 15:8-10.

[64] Cf. Mc 12:41-44; Lc 21:1-4.

[65] Cf. Mt 22:15-22; Mc 12:13-17; Lc 20:19-26.

[66] Na parábola dos lavradores homicidas, o evangelista encerra dizendo: "Os

Ou seja, o discurso de Cristo sempre foi pensado de forma a atingir a população naquilo que podiam e tinham condições de entender. Técnica de comunicação? – podemos perguntar. Talvez! – respondo eu, em minha pequenez de aprendiz. Uma coisa é certa: Jesus Cristo muito valorizou a necessidade de fazer-se compreender por todos, em todos os tempos e épocas, em todas as classes sociais. A comunicação foi algo a que atribuiu notória importância, pois, sem se fazer compreender – sobretudo por seus continuadores,[67] que grafariam suas palavras e difundiriam seus conceitos sublimes –, sua mensagem por certo morreria nos primeiros anos após seu retorno a seu reino, no infinito.

E, se é inegável que as palavras do Mestre tenham sido manipuladas, distorcidas ou mal interpretadas ao longo de 2 mil anos, também é correto asseverar, mediante ligeira retrospectiva, quanto se construiu a partir de seus

principais sacerdotes e os fariseus, ouvindo estas parábolas, entenderam que ele falava a seu respeito" (Mt 21:45). Ver também: Mt 22:34-40; 23; Lc 10:25-37; 11:37-54 etc.

[67] Aos apóstolos e discípulos Jesus procurava explicar pacientemente a essência de suas parábolas e de certos acontecimentos: "Mas tudo explicava em particular aos discípulos" (Mc 4:34). Com efeito, demonstrou deferência para com eles, figuras cruciais na propagação de seus ideais (cf. Mt 13:36-43; Mt 15:15-20; após a morte em Lc 24:27 etc.).

ensinamentos. Muito se tem feito no planeta Terra a partir da mensagem do Evangelho.

Qual é o número de hospitais, creches, escolas e casas de caridade inspirado em seus ideais? É possível medir quanto o mundo foi transformado pelas palavras do Nosso Senhor? Que quantidade de pessoas se ergueu para defender os fracos e oprimidos ou quantas leis foram promulgadas, cuja elaboração se deu a partir da influência de suas palavras? Quantas conquistas no campo dos direitos humanos, dos deveres dos cidadãos, dos contatos pessoais e entre comunidades foram iluminadas pelos discursos de Jesus Cristo?

Finalmente, vemos no mundo atual a concretização de vários conceitos considerados inovadores, mas que não passam de interpretação renovada de seus ensinamentos, como nos avanços da psicologia, na humanização da medicina e nos relacionamentos interpessoais. Isso tudo também graças à atenção que Cristo deu ao fator comunicação, às palavras e à metodologia que empregou, sabendo da importância que seus ensinamentos adquiririam ao longo dos séculos e séculos que se sucederiam desde sua passagem pela Terra. A despeito de todo avanço social, sua mensagem permanece atualíssima tanto no conteúdo quanto na forma.

Enfim, uma das maiores necessidades do ser humano é saber comunicar-se de maneira eficaz, sábia, inteligente.

"QUE MAIS TRAZ FELICIDADE? SER ÚTIL AOS DEMAIS."

Quantas vezes na vida, apesar de nos dedicarmos a determinada tarefa, por melhor e mais importante que seja, nos sentimos sem utilidade, como se um vazio interno quisesse drenar nossas energias e emoções, até mesmo nosso sentimento de satisfação? É um descontentamento com aquilo que fazemos em benefício do próximo, uma sensação de que falta mais, de que não estamos fazendo todo o possível... Talvez acompanhados por uma impressão de que ignoramos ou ainda não descobrimos a própria vocação – ou missão, como o dizem alguns espiritualistas. Seja como for, eis algo que merece atenção especial de nossa parte.

Acredito que, se porventura o cristão se vê nessa encruzilhada de indecisões, de insatisfação com o que realiza, com seu trabalho vocacional, é porque precisa fazer um balanço inadiável de sua vida espiritual, de sua busca e de seu encontro com o Cristo interno. Muito trabalho talvez não signifique felicidade; muita dedicação sem pensar nas motivações, como já disse, possivelmente não ofereça o retorno de satisfação almejado ou necessário. Alguns fazem bastante, correm demais, levantam poeira por onde passam, e, ainda assim, permanecem infelizes, embora estejam inseridos no trabalho que é sua grande vocação. A despeito desse fato, continuam a indagar qual é sua missão pessoal, seu propósito de vida ou sua vocação religiosa.

Costumo pensar que, caso nos dediquemos ao próximo da forma como podemos e na medida exata do nosso amor, da nossa capacidade de amar, por certo colheremos no próprio trabalho a satisfação, sem cobranças; isto é, obteremos o resultado feliz daquilo que realizamos. Aliás, isso não é exatamente um pensamento meu. É uma promessa do Nazareno: "E todo aquele que tiver deixado casas, ou irmãos, ou irmãs, ou pai, ou mãe, ou mulher, ou filhos, ou terras, por causa do meu nome, receberá cem vezes mais, e herdará a vida eterna".[68] Ora, se mesmo servindo ao próximo permanecemos insatisfeitos, precisamos rever, avaliar, redefinir nosso trabalho, tornar clara nossa vocação e nosso chamado ao trabalho do bem com Jesus Cristo. Devemos apurar se não estamos usando a tarefa à qual nos dedicamos como fuga, fuga de algo ainda indefinido dentro de nós, mas, sem

---

[68] Mt 19:29.

dúvida, deveras incômodo para nossa vida íntima.

Sempre colhi os frutos do trabalho que, segundo pude observar ao longo de minhas vivências, produz imenso gozo e felicidade. Portanto, não acredito que, no exercício desse trabalho feito com o coração, com toda a capacidade de amar que existe em nós, possamos nos sentir insatisfeitos, frustrados, a menos que estejamos buscando algo diferente – querendo reconhecimento ou promoção, por exemplo, ou mantendo os olhos na atividade do outro, ansiando desempenhar o papel que lhe compete, e não a nós. Atitudes como essas evidentemente nos trazem desgosto, desapontamento. Em vez de centrarmos atenção, energia e amor no pouco que podemos empreender no momento, desejamos fazer aquilo que é de responsabilidade alheia, sendo que não estamos preparados nem sequer para terminar o pouquinho que assumimos diante da vida e do próximo.

O quadro sugere inquietação, decepção consigo mesmo e dificuldade em reconhecer que não se está preparado para voos maiores no campo das realizações. Grande número de religiosos e espiritualistas relutam em admitir que não podem tudo, que não estão aptos a abraçar tarefas mais expressivas e, assim, cobram de si aquilo que nem Deus espera deles. Isso, sim, gera insatisfação.

Ao contrário, a satisfação será consequência natural caso concentremos vontade e esforços para desempenhar com máxima qualidade o pequeno papel que nos cabe. Se nos derramarmos por inteiro, amando intensamente o trabalho que fazemos pelo próximo e observando o limite do que efetivamente temos condições de realizar, sem dúvida alcançaremos a prazerosa sensação de dever cumprido.

    O cristão precisa se convencer de que não é missionário, de que só consegue fazer uma coisa de cada vez e de que, embora todos os seus esforços e sua vontade de acertar, nenhum de nós resolverá os problemas da humanidade. Tampouco salvaremos o mundo com nosso empenho e nossa boa vontade, somente. Entretanto, se pudermos canalizar energias de maneira a alcançar satisfação no exercício de nossas responsabilidades, com ética e discernimento, então faremos a diferença para melhor. Ao atingirmos esse ponto, o trabalho já terá valido a pena, pois então haverá um sinal inequívoco de que começamos em nós a transformação que desejamos para o mundo.

    A questão que se levanta, a respeito de sentir-se realizado, feliz com o que se faz, talvez seja de caráter mais pessoal que espiritual. Quero dizer com isso que, de modo geral, os cristãos vêm de muitas experiências malsucedidas em suas vidas, com imensa carga de culpa, o que aborta qualquer sentimento de felicidade. Chegam ao seu ministério mais como fuga do que como vocação. Assumem tarefas querendo mascarar as questões malsolucionadas em seu interior e pouco a pouco transferem para o trabalho a insatisfação que trazem consigo mesmos. Como uma planta que murcha sem vitalidade, gradativamente sucumbem diante de tanta pressão interna, pois sua dedicação é incapaz de encobrir as angústias, a falta do prazer de viver, o descontentamento com as questões familiares, pessoais, emocionais, sua carência de amar e sentir-se amado. A boa notícia é que, como isso tudo não é oriundo da atividade que desempenham, devendo-se sim à necessidade de resolver assuntos pendentes, tais dificuldades podem muito bem ser abordadas enquanto se trabalha, sem maiores contratempos.

Apesar de nossos conflitos, e eu os tenho também, devotar-se ao próximo é um processo terapêutico deveras eficiente. Podemos citar vários aspectos positivos, entre eles a oportunidade de colocar as coisas em perspectiva. Ao depararmos com os desafios do próximo, percebemos, muitas vezes, quão maiores são que os nossos. E se convencer de que os próprios problemas não são os mais graves do mundo é um excelente passo para a recuperação. Ainda como benefício desse lidar com as vicissitudes alheias, aprendemos a domar nossas feras internas, a exercitar o autoperdão, algo extremamente importante para quem se culpa ou traz, em cada ação, uma punição desnecessária.

O contato com as atribulações do próximo nos ensina a ver, em nós, apenas seres humanos comuns, sem privilégios, sem a obrigação de acertar sempre e sem a máscara de santidade, bondade ou honestidade que costumamos vestir em tempo integral. Adquirimos uma visão mais acurada de nós mesmos, pois o que vemos nas atitudes do outro geralmente é o reflexo daquilo que vai dentro de nossa alma e de como agimos, sem o notar. É um encontro que produz a felicidade, o sentimento de que somos *humanos* na mais genuína acepção da palavra, com nossos defeitos e limitações, mas também com toda a nossa capacidade de amar. Dessa forma, a interação com as dores alheias, com o amor que o outro alimenta, com nós próprios espelhados naquela pessoa, faz com que encontremos nosso lugar na vida, nossa potencialidade para sermos felizes e – quem sabe? – a ocasião de sabermos quanto já somos felizes.

"O MAIOR MISTÉRIO? A MORTE."

Sempre me recusei a pensar na morte como cessação da vida. Nunca me vi, em meus pensamentos e reflexões, deitada numa tumba fria, com meu espírito pairando em meio a nuvens de ociosidade, em meio a santos e anjos que não sei do que se ocupam quando há tanta gente no mundo precisando de ajuda. A morte sempre me pareceu uma libertação dos limites que o corpo inexoravelmente oferece, a oportunidade de fazer todas as coisas para as quais sinto ter capacidade, mas que o corpo impedia, por sua própria natureza.

De todo modo, esta sempre foi uma questão pela qual não me deixei levar, atormentada por dúvidas atrozes, como ocorre com muitos cristãos. Para mim, o mistério da morte só se resolveria quando eu morresse. E pronto. Isso era o bastante para mim, pois, sinceramente, não tinha tempo a perder me afligindo quanto ao futuro, uma vez que meu presente já era, por si só, um desafio permanente de trabalho e esforço em prol dos exigentes convidados de Jesus. Aliás, tive ocasiões suficientes para conhecer de perto os convidados do Senhor e, inclusive, acompanhar a muitos no instante da morte.

Vi quando seus olhos se iluminavam, ao perceberem vultos, detalhes de uma vida muito além das dores a que estavam habituados. Presenciei verdadeiros mártires deixarem seus corpos inertes em hospitais, no meio das ruas, debaixo das pontes ou nos becos esquecidos da vida. Foi nesses momentos que pude ver a maior beleza da vida.

A determinada altura, notei que minha hora se aproximava, que o físico não oferecia mais condições de trabalho. Nesses momentos que precederam o fim, estava ainda mais confiante, pois internamente me sentia tão cheia de vida que não concebi, por um momento sequer, que a morte seria o fim.

Sabia que, por trás de todo o mistério que a morte encobria, havia muito trabalho, muita força de viver, muito a devassar. Mesmo assim, não teria tempo para descortinar a vida além da sepultura, quando chegasse meu momento. Guardava bastante coisa inacabada e poderia fazer bem mais por aqueles que eu amava. Também não me permitiria ficar entre os santos e anjos concebidos pela imaginação dos religiosos, pois, para mim, não havia razão para descansar no paraíso alimentado pelo delírio popular enquanto houvesse alguém que eu pudesse ajudar.

Ainda hoje fico a cogitar onde está o grande contingente de seres canonizados. Não os encontrei do lado de cá. Igualmente, não conheci o tão propalado céu, nem encontrei lugar para o inferno além do coração dos homens endurecidos pelo rancor, pela revolta ou pelo egoísmo.

Considerando esses aspectos, a morte, segundo falam alguns religiosos, é ainda um mistério. Pois é inexplicável como tão grande quantidade de pessoas içadas aos céus por decretos religiosos permanece ociosa, assistindo às misérias humanas ou contemplando, em eterna preguiça, a glória divina que eles próprios não sabem definir, entender ou esclarecer.

Por mim, prefiro a escuridão a esse inferno chamado *paraíso*; as profundezas, em vez desse céu incompreensível. Sei que tenho muito a fazer nos locais onde escuto gemidos e vejo dor. Quero me completar e me sentir feliz entre aqueles com os quais aprendi a conviver. E, de verdade, nunca convivi com santos ou anjos. Meu lugar é em meio aos estropiados, aos pobres de espírito, aos pobres mais pobres ainda, aos miseráveis que choram na escuridão. Se porventura eu seja algum dia uma santa, que me chamem de santa da escuridão,[69] pois aí é meu lugar.

---

[69] A autora reafirma aqui o que já dissera em vida: "Se eu alguma vez vier a ser Santa – serei certamente uma Santa da 'escuridão'. Estarei continuamente ausente do Céu – para acender a luz daqueles que se encontram na escuridão da Terra" (cf. KOLODIEJCHUK, 2008, p. 7).

Não quero sentir vergonha algum dia, quando me encontrar com Jesus – se é que vou me encontrar com ele sem as roupas da miséria e da pobreza, na figura dos que sofrem –, havendo deixando de fazer a minha parte, aquilo que aprecio fazer e em que me especializei na Terra. Abraçar os doentes, amparar os famintos, dar esperança aos que sofrem – eis meu céu, eis meu paraíso.

Com tanto santo por aí, com tantos anjos disputando um lugar junto ao trono do Pai Eterno, escolho ficar com Jesus, que sempre andou na companhia dos pobres, dos simples, dos que têm fome e sede de justiça e de Deus.

Os demais mistérios que envolvem a morte e o morrer, deixo para os filósofos do cristianismo. São eles mais importantes do que eu, pois têm como missão pensar, explicar, esclarecer e levar ao mundo nova proposta, nova mentalidade. Enquanto isso, permanecerei dando pão àqueles que ainda não têm condições nem forças para sustentar a vara e pescar, mesmo além da morte.

Dessa maneira, deixo o céu para o papa; a corte celeste, aos magnatas da religião; e o paraíso, aos eleitos do colégio dos cardeais e aos pastores de um rebanho sem dono. Fico na escuridão tentando encontrar e fazer luz; entre os que sofrem, falando da bênção de servir; em meio aos miseráveis, enxugando as lágrimas; rodeada pelos desterrados, servindo e sorrindo, infinitamente agradecida pela oportunidade que a morte me descortinou de continuar meu trabalho no silêncio e na oração, no anonimato que a própria morte me concede. Tenho assim mais tempo de ser útil, sem as convenções e limitações impostas pela religião e pelos compromissos devocionais que esta exige em tempo integral.

Não sou mais uma religiosa vinculada e compromissada com a Igreja; sou simplesmente uma morta, sem dono, sem sári nem hábito, desprovida tanto dos votos como da ilusão criada pelo povo. Sou tão somente uma operária mergulhada no maior mistério de todos – o mistério de servir e amar em nome do Nosso Senhor Jesus Cristo.

"O PIOR DEFEITO? O MAU HUMOR."

Quanta gente mal-humorada entre os cristãos da atualidade! Como precisamos resgatar a alegria de servir, o sorriso e a felicidade de sermos representantes do Reino entre os representantes do mundo.

Quantos cristãos, de todos os segmentos do cristianismo, pretendem se iludir pensando que ser religioso, que seguir a Cristo é ser mal-humorado. Baniram de seus Evangelhos as festas[70] de que participou Nosso Senhor; tiraram das páginas sagradas as criancinhas[71] com as quais ele se envolveu e que amou, com sua natural alegria e espontaneidade. Onde, o sorriso? Onde, a alegria? Onde, os cânticos de louvor, de gratidão, de comemoração à ressurreição?

Talvez tenhamos aprendido a valorizar bem mais o sofrimento do calvário, as dores da *via crucis*, do que a beleza da ressurreição. Quem sabe isso explique o mau humor tão comum entre os adeptos da mensagem consoladora?

---

[70] Cf. Jo 2:1-11; 7:10-44 (bodas de Caná e festa das Cabanas, respectivamente).
[71] Cf. Mt 18:1-6; 19:13-15; 21:15-16; Mc 9:36-37; 10:13-16; Lc 9:47-48; 18:15-17.

Tem gente que pretende ser representante da boa-nova de Cristo, mas que só consegue ver o lado negativo do mundo, das religiões e da própria vida. Acha que o mundo vai acabar; crê que quem não pensa nem interpreta as questões religiosas conforme ensina sua igreja será, cedo ou tarde, queimado no fogo eterno. É a visão pessimista, derrotista e mal-humorada da vida futura.

Há aqueles que, mesmo ao lidar com as questões mais triviais, reclamam diante de quaisquer obstáculos ou perante a ação de um companheiro; no entanto, ficam inertes quando surge alguma solução. Ou então, apenas se queixam sem apresentar uma saída ou alternativa para aquilo que é objeto de sua lamentação. Creio que essas pessoas protestariam até se ganhassem algum prêmio da vida.

Vejo como as pessoas mal-humoradas sempre encontram um motivo, algo ou alguém que lhes sirva de alvo às reclamações. Podem ser seus colegas de trabalho, a família, o clima, as horas... Ou seja, qualquer coisa.

Quando, em minhas reflexões, analiso os escritos do Evangelho, deparo com a personalidade austera[72] de João Batista: sempre sério, reclamando do poder de César, da política da época e estranhando a postura de Jesus. Cristo surgiu pregando uma boa-nova, em meio a festejos de

---

[72] Cf. Lc 3:1-20; Mc 2:18; Lc 5:33; Jo 3:25.

casamentos, em festas religiosas[73] e familiares,[74] envolvendo-se com criancinhas fogosas e comendo e bebendo[75] junto ao povo. Foi até mesmo considerado "comilão e beberrão"[76]. Certa ocasião, a mando do Batista, que estava preso, dois de seus discípulos foram perguntar a Jesus, talvez num acesso de mau humor: "És tu aquele que havia de vir, ou devemos esperar outro?".[77] Talvez não concebessem um messias e uma mensagem tão cheios de alegria,[78] com uma boa-nova recheada de felicidade... Ante o quadro social e político que não era nada estimulante, o pregador do deserto parecia sucumbir, sendo conhecido nas páginas do Evangelho como dos mais mal-humorados personagens ali registrados.

[73] Cf. Jo 2:23; 5:1; Jo 7:2; 10:22; 12:12.

[74] Cf. Jo 2:1-11; 4:45; Mc 2:14-17; At 1:4-9.

[75] Cf. Mt 9:11; Mt 14:16; Mc 2:16; Lc 14:1 etc. Em explicação reservada aos apóstolos, Jesus continua a escandalizar até mesmo muitos cristãos da atualidade: "Ao dizer isto, Jesus considerou puros todos os alimentos" (Mc 7:19).

[76] Mt 11:19; cf. Lc 7:34.

[77] Mt 11:3; cf. Lc 7:19.

[78] Inúmeras passagens falam da alegria da Boa-Nova nas Escrituras. A seguir, citamos alguns exemplos no Novo Testamento. Referindo-se à alegria de Cristo e seu nascimento: Lc 2:10; 10:21; 15:5; Jo 15:11; 17:13; Hb 12:2. Acerca da difusão das verdades cristãs e da convivência entre os discípulos: Mt 13:20; Jo 16:24; 17:13; At 2:46; 8:8,39; 11:23; 14:17; 1Pe 1:8.

De forma destoante, aparece um messias diferente, alegre, jovial, envolvido com o povo e jamais preocupado com o fogo do inferno ou com proselitismo religioso. Aliás, o Nosso Senhor era tudo, menos religioso ou fanático, o que, por si só, contribui para eliminar o mau humor de suas características pessoais.

Hoje, muitos que julgam servir a Cristo estampam tal rabugice em suas atitudes, que transformam a obra a que se dedicam em dever, um serviço oneroso e opressivo. Meu Deus, que fizemos com a mensagem de alegria do Evangelho? Os primeiros cristãos,[79] quando eram levados ao circo romano, caminhavam entre os leões cantando[80] e regozijando-se,[81] embora as naturais dores decorrentes da drástica medida imposta pelo poder reinante. O cântico dos anjos ao receberem o menino Jesus[82] foi também uma demonstração

---

[79] Muitas passagens relatam as perseguições sofridas pelos primeiros cristãos (At 4:3-4; 5:40; 16:23 etc.).

[80] Numerosos exemplos nas Escrituras mostram o cantar como forma de louvar e expressar contentamento a Deus. Presente na tradição, em livros como Salmos e Cantares (também chamado Cântico dos Cânticos), de Salomão, os cristãos aprofundam este hábito no Novo Testamento: 1Co 14:15; Ef 5:19; Cl 3:16; "Está alguém entre vós aflito? Ore. Está alguém contente? Cante louvores" (Tg 5:13).

[81] Cf. At 5:41; 16:25.

[82] Cf. Lc 2:13-14.

sublime de humor – e humor de natureza tão elevada quanto se poderia ter notícia. E não me venham dizer que os representantes celestiais, os anjos relatados no Evangelho, desconheciam que aquele recém-nascido seria martirizado e morto no Calvário. Ao contrário, cantavam porque sabiam de todo o plano de Deus e, mesmo com o aparente fim trágico de Nosso Senhor, continuaram alegres, pois também conheciam a beleza e a glória da ressurreição.

Durante meu ministério junto aos meus pobres, seja nos arredores de Calcutá ou em outros recantos obscuros do mundo, presenciei pessoas realmente pobres e sem nenhuma instrução, sem nenhuma esperança de melhora de sua condição social, a cantarem, sorrirem e com os olhos brilhando de alegria, uma alegria que era sobremodo contagiante. Ao discorrer anteriormente sobre o aprendizado que se tem com o serviço aos pequeninos, quis também me referir ao fato de ser possível aprender com eles a alegrar-se com as coisas simples, aparentemente bobas, quase infantis. Cantar com os que cantam e, às vezes, sem motivo aparente, ostensivo, apenas como forma de externar sua gratidão a Deus, à vida e ao mundo – eis um roteiro de sabedoria.

Incontáveis vezes observei lavadeiras em estado lamentável a esfregar suas poucas e rotas roupas em meio a cânticos alegres. Quantas ocasiões vi crianças caminhando entre monturos de podridão, porém balbuciando alguma cantiga de infância e esboçando no rosto um sorriso. Em outras tantas e tantas oportunidades, junto a mendigos, enfermos e pessoas desiludidas devido ao câncer e à aids, eu os ouvi arrancar de dentro de seu espírito uma força que jamais veria em seus corpos, para então surpreenderem-me a sorrir e entoar canções.

Recordo-me de determinada pessoa à qual eu me abraçava, chorando, pois não via mais como auxiliá-la. De repente, vejo-a esboçar o que mais parecia uma careta, devido à magreza extrema, à falta de alimento. Enquanto me comovia, em silêncio, ela começa a cantar. Cesso prontamente meu pranto, minhas lágrimas, e lhe pergunto por que exibia aquele arremedo de sorriso, o porquê da música. Nesse instante, erguendo penosamente a mão e apontando em direção ao céu, aquele homem me diz: "O pôr do sol, irmã! Veja como é lindo". Jamais contemplei outro entardecer tão bonito em toda a minha existência. Enxuguei minhas lágrimas nas vestes rotas e mal-cheirosas que ele trajava e ergui meus olhos aos céus de Calcutá. Abençoei aquele momento de alegria natural, intensa, verdadeira. Quando voltei os olhos em sua direção, havia morrido em meus braços, deixando o ar impregnado de uma melodia indiana que jamais esquecerei. Ele foi um dos que encontrei de braços abertos e sorriso amplo nos lábios, tão logo me vi fora do corpo.

Procuro imaginar meios de resgatar a alegria em

nossos encontros, de enfatizar os aspectos felizes, alegres e bem-humorados da vida. Podemos e devemos ressaltar esse aspecto da pregação e da vida de Nosso Senhor, educando os cristãos a verem a ressurreição, ao invés da morte; a cura e a libertação, em vez da lepra. Estimular a valorização das obras beneméritas, em detrimento da miséria; fomentar a visão daquilo que denominamos de fim do mundo mais como esperança de reconstrução que como destruição. Fazer a qualidade do bem predominar sobre a quantidade do que chamamos de mal.

Acredito, a toda prova, que o bom humor começa nos conceitos que desenvolvemos a respeito da vida e de nós mesmos. A partir desses conceitos, podemos reeducar nossas mentes a viver com qualidade e humor, com mais alegria, percebendo o lado bom de cada coisa, cada pessoa. Todos trazemos algo de bom em nosso íntimo, mesmo aqueles que temos na conta de opressores. Todos produzimos algo passível de ser elogiado, estimulado, incentivado. Há sempre um perfume escondido, um lírio no pântano, uma beleza disfarçada.

"A PESSOA MAIS PERIGOSA? A MENTIROSA."

Muitas vezes, o perigo maior que encontramos no mundo está escondido em nós mesmos. Observo como, hoje em dia, as pessoas se envolvem em muros, em castelos de concreto, empoleiram-se em prédios enormes, como se o perigo pressentido estivesse rondando lá fora. Grande número investe na instalação de câmeras de segurança, utiliza animais domesticados ou agressivos para evitar o perigo, o perigo, o perigo. Apesar de tudo, considero que precisamos voltar nossa atenção para outra espécie de perigo, que se tornou muitíssimo comum. Trata-se da mania de mentir.

Para dar um ar de brincadeira, de normalidade à mentira, alguns estudiosos – tanto quanto algumas pessoas que discretamente prezam seu hábito nocivo – costumam separar em diferentes categorias a mentira, dando-lhes definições diversas, como se isso fizesse dela uma prática menos daninha. Nessa linha de discurso, inventaram as chamadas mentiras sociais ou piedosas, que, segundo defendem, têm a intenção de ajudar e animar. Com a vulgarização desse comportamento, que gradualmente tem ocorrido, a mentira vai se incorporando ao estilo de cada um, tornando-se de tal maneira natural, que fica difícil separar o joio do trigo.

O ato de mentir transformou-se num vício bastante difundido. Preocupa-me sobretudo quando adquire a conotação de vício social – estágio no qual notamos a maior parte de seus adeptos utilizar esse expediente sem nenhuma justificativa plausível, sem nenhum motivo aparente, simplesmente como se fosse um bando de pseudoatores a desempenhar seu papel num teatro de mau gosto. Repetem o gesto irresponsável a ponto de sentir uma espécie de prazer mórbido ao mentir. Ignoram as consequências de sua atitude. Ignoram, ou, então, consideram normal penetrar a intimidade das pessoas, aumentar os fatos, realçar certas situações que influenciam muita gente ao tomar decisões e eleger seu estilo de vida. Fazem tudo de forma a complicar e prejudicar o futuro daqueles sobre quem gostam de inventar. Eis aí um hábito que julgo constituir verdadeiro perigo, e que merece atenção especial.

Verifico inclusive como a mentira tem se tornado algo comum também entre os representantes de Jesus no mundo. Pessoas que se dizem religiosas, espiritualizadas, têm lançado mão do engodo sem nenhum constrangimento, criando e alimentando ilusões, dissimulando a verdade, enganando ou falando meias verdades, em nome daquilo em que alegam acreditar ou por medo de abrir mão de suas crenças pessoais, arraigadas, mas sem fundamento. Resistentes em dar o braço a torcer, reconhecendo que estão erradas, elaboram verdadeiros tratados filosóficos, distorcem textos, palavras e o sentido de tudo quanto ouvem e veem, sem se aperceber do enorme estrago que provocam na vida daqueles com os quais se relacionam.

Creio que o mentiroso é um doente da alma ou, como preferem alguns, um doente psíquico, que traduz de forma contrária a verdade, tomando por natural e normal aquilo que é irreal, errado ou fantasioso.

Seja como for, nem todas as definições da mentira são capazes de explicar de maneira satisfatória os porquês do mentiroso; suas atitudes, que desrespeitam as pessoas, bem como a manipulação mental e emocional que exerce sobre aqueles que acreditam em suas palavras. Uma das facetas interessantes desse hábito nefasto é que ele não encontra barreiras sociais nem de qualquer espécie. De nada adianta a pessoa ser inteligente, instruída, talentosa, rica ou muito pobre. A doença é da alma.

Esse perigo, que envolve quase toda a humanidade, deve ser combatido com uma arma que parece estar em segundo plano para muita gente: a educação do sentimento, das emoções e do pensamento. Está aí algo que requer investimento sem cessar e com vigor total, uma vez que, conforme entendo, foi a tônica do trabalho de Cristo no mundo.

Educar o pensamento com o intuito de formar pessoas verdadeiras, comprometidas com o bem em âmbito social e espiritual, estimulando a transparência nas relações entre as pessoas, em qualquer nível.

É claro que não pretendo solucionar esse problema com receitas aparentemente fáceis de seguir, tampouco com pregações moralistas. A situação dos homens que residem em nosso planeta exige, acima de tudo, investimento na educação da alma, a fim de que possamos dar mais brilho à verdade, ao amor, à justiça e à valorização da vida. Porém, todos os conceitos e virtudes que acabo de listar estão intimamente relacionados com a postura de transparência e de fidelidade à verdade, ainda que seja uma verdade relativa.

Inspirada pela trajetória de Jesus, julgo inadmissível utilizar qualquer artifício para enganar quem quer que seja, mesmo justificando tal recurso como necessário para disfarçar o mal, diminuir efeitos indesejáveis ou trazer ao rebanho de Cristo pessoas consideradas importantes. Sou convicta de que primeiramente temos de inspirar e incentivar a ética em todas as esferas – religiosa, política, familiar etc. Não é possível abdicar desse princípio, nem sequer em nome das melhores causas. Aliás, justamente por prezá-las tanto.

Ensinar as crianças a serem verdadeiras começa por empregar a metodologia da verdade em nossas próprias palavras, em nossos diálogos, em nossas relações familiares, agindo de forma coerente com aquilo que pretendemos inspirar no outro. Pois de nada adianta desejar que na família haja transparência, se nós mesmos mentimos ou somos incoerentes com o comportamento que queremos e esperamos ver no próximo. Ampliar essa conduta para o exercício da política e da religião é outro passo relevante, que também é parte da busca por coerência e integridade, no tocante à nossa proposta partidária e aos interesses da população e do cidadão.

Talvez alguém tente me demover, convencer-me de que isso ainda é impossível para os homens do nosso tempo; de que sou utópica. Como já ouvi isso inúmeras vezes, prossigo – minha fé e minha razão como aliadas.

Acredito que, quando Cristo exemplificou sua mensagem, ele não a circunscreveu a um só indivíduo, a uma só comunidade, a um só país ou a um só povo; muito pelo contrário. E, se seu testemunho de verdade e transparência já está aí há 2 mil anos para que a humanidade o absorva, isso me faz pensar que é possível sim batalhar pela extinção da mentira, recuperando a dignidade e a honestidade de propósitos e intenções em nosso relacionamento cotidiano. A começar de nós mesmos.

"O PIOR SENTIMENTO? O RANCOR."

Grande fonte de todos os males, embora não seja a única, o orgulho produz no ser humano reações e certas ações que considero merecedoras de estudo e observação, a fim de que possamos combatê-las tão logo se manifestem em nós mesmos.

O rancor é uma dessas reações, que ganha contornos delicados nas pessoas em que aparece, porque geralmente revela outros componentes, tais como falta de perdão e dificuldade em conviver com o inesperado na atitude alheia. As consequências surgem logo: a decepção e o veneno da raiva, que são capazes de arruinar a vivência interna. No final das contas, o rancor é uma raiva reprimida, oculta, mascarada e sofrida. Algo de que a pessoa não se livra com facilidade, e, ao conviver diariamente com aquele intruso em sua mente, acaba por gerar um campo de sofrimento íntimo, recheado pelo desejo de vingança, embora nem sempre concretizado. É um processo muitíssimo venenoso, que corrói gradativamente a alma, minando as resistências internas.

O rancor denota necessidade urgente de aprender a perdoar, de reconhecer que não podemos tudo e perceber que o próximo não está submisso a nossa vontade – e que nossa vontade nem sempre é a melhor, a mais sábia e correta.

De forma mais superficial, a raiva, por si só, pode ser um canal de protesto contra alguém ou alguma situação indesejável, que não produza felicidade e satisfação. Quando o ego se sente ferido, quando a pessoa se sente ameaçada ou acuada diante de algo que a incomoda, é de se esperar, ao menos até certo ponto, que reaja com medo ou com raiva, dependendo da história pessoal de culpas e autopunições.

Essa análise é válida se falamos da raiva, pura e simplesmente. No entanto, o rancor já representa um passo além e mostra que aquela raiva inicial, teoricamente passageira, transformou-se numa ideia fixa, geradora de mal-estar, a qual gravita em torno da pessoa.

O Evangelho de Jesus oferece-nos algumas pistas acerca de como lidar com esse tipo de emoção. Não se vê no Evangelho qualquer menção ou sugestão para deixarmos de ser humanos; nem sequer está escrito que devamos aceitar tudo o que se faz no mundo passivamente, sem que externemos nossa opinião. Em certas circunstâncias, é natural, inclusive, que sejamos levados a coibir o abuso, a injustiça, a corrupção.

Aliás, Cristo fez isso diversas vezes ao enfrentar escribas, fariseus e demais representantes do poder. Podemos dizer que suas atitudes constituíram reações de raiva? Depende muito da ideia que fazemos de Nosso Senhor. Se para você ele foi um santinho, uma vítima indefesa perseguida pelos poderosos de sua época, para depois ser injustiçado pelo mundo, provavelmente você interprete que ele não poderia sentir raiva. Porém, se você o vê como um homem especial para seu tempo, acima das definições que a religião fez dele ao longo dos últimos 20 séculos, mas ainda assim humano, divinamente inserido na realidade daquele período histórico, então talvez se possa falar ao menos de reações de raiva e indignação diante dos abusos cometidos em nome de Deus e da religiosidade. Apesar disso, qualquer que seja a ideia que você faça de Cristo, em momento algum há margem para interpretar suas ações e atitudes movidas ou motivadas pelo rancor.

De todo modo, encontramos em suas palavras coisas simples que nos indicam a rota a seguir no tocante às emoções humanas. O mandamento maior: "Amai-vos uns aos outros",[83] o conselho para perdoar 70 vezes 7 vezes,[84] o brado sobre a cruz: "Pai, perdoa-lhes, pois não sabem o que fazem"[85] são apenas algumas dicas que apontam um roteiro

---

[83] Jo 13:34; 15:12,17.
[84] Cf. Mt 18:22.
[85] Lc 23:34.

de não agressão, um caminho de libertação íntima – e prévia – de qualquer resquício de rancor. Uma vez exemplificados por Cristo, seus ensinos, mesmo considerando a hipótese de que tenham sido deturpados ao longo dos 2 mil anos que nos separam daquela época, são como faróis que brilham semelhantes a estrelas, a uma constelação a nos guiar na maneira mais indicada e prudente de agir e reagir em face das inúmeras situações desafiadoras que encontramos em nossa jornada no mundo, as quais podem incitar séria indignação.

Não se enganem, contudo, pensando que esses ensinamentos de Jesus Cristo a que me refiro sejam apenas frases religiosas, mandamentos ou conselhos voltados para religiosos, como a tradição com frequência nos leva a crer. Pessoalmente, aprendi em minhas meditações, em minhas leituras diárias, que as máximas encontradas no Evangelho são atitudes inteligentes de boa convivência e de paz interna, íntima.

Talvez ainda durante muito tempo tenhamos que conviver com a indignidade, reagindo a ela, sem encobrir ou ignorar o mal e as coisas realmente ultrajantes ou aviltantes. Mas daí a cultuar o rancor dentro de nós, a distância é grande. Essa prática apenas nos fará infelizes, determinando nosso estado de humor, nossa qualidade de vida ou de felicidade. Portanto, mesmo para quem crê que a personalidade de Jesus Cristo seja uma invenção para distrair multidões e religiosos em geral, não se pode negar que, em suas palavras, encontramos farto material para trabalhar dentro de nós as questões mais urgentes, desafiadoras e problemáticas.

No que tange ao rancor, sem dúvida é um dos diversos aspectos de nossa personalidade que devemos abordar, embora sem depositar cobranças indevidas sobre nossos ombros, porém investindo pesada e intensamente, a fim de que estabeleçamos um clima de melhora interior coerente com a felicidade que buscamos, com a satisfação que desejamos obter.

"O PRESENTE MAIS BELO? O PERDÃO."

Perdoar ainda é o melhor remédio para combater o estresse emocional, os estados alterados de humor e a infelicidade, além de oferecer grande ajuda na manutenção da saúde, em todos os sentidos. Se um dia fui uma religiosa, hoje sou também uma pesquisadora da ciência do viver, do bem viver. E, quando falo de perdão, de seus efeitos e suas consequências, não sou a primeira a tocar no assunto, nem de longe. Apenas reinterpreto certos textos do Evangelho e traduzo, em outras palavras, o que nos dias de hoje muitos líderes políticos, cientistas e filósofos já estão explorando em seus discursos e teses.

  É fato comprovado que, sem perdoar, torna-se quase impossível a convivência entre os seres humanos. Isso é atestado hoje em dia até mesmo por representantes da ciência ortodoxa e suas pesquisas, que procuram quantificar este fato inegável: a grande influência que o perdão exerce sobre os estados emocionais e a saúde. O ressentimento, o rancor, a mania de pôr a culpa nos outros ou a busca de culpados para os contratempos e dificuldades são fatores que levam nossa mente e nosso coração a pararem de funcionar de maneira equilibrada e sadia.

 Se antes das recentes descobertas da ciência o conceito de perdoar, exercitar o esquecimento das faltas, nossas e alheias, podia ser reduzido a uma fórmula exaltada por alguns religiosos, atualmente as coisas mudaram de forma radical. Acho até que os religiosos são os que menos perdoam ou buscam perdoar, mas isso é tema para outras reflexões. Quero dizer que o exercício do perdão se transformou em receita de saúde, inclusive na acepção que os médicos dão ao termo. Em minhas poucas leituras sobre saúde e com base nas pequenas informações sobre os assuntos científicos de que disponho, sei apenas que, assim como o rancor faz mal e ocasiona danos ao nosso sistema nervoso, o perdão, ao contrário, aumenta nossa imunidade da alma e do corpo.

 Quem sabe seja por isso que Jesus Cristo aconselhou o perdão? Uma vez que ele conhecia muito bem o estado emocional e espiritual dos indivíduos que habitam este nosso planeta, é sensato supor tal coisa. Além disso, como ele foi o médico que mais solucionou enfermidades em seu tempo, talvez a indicação para perdoar fosse uma prescrição visando à integridade de nossa saúde, tanto física quanto de alma. Hoje em dia, os estudiosos do mundo têm descoberto que muitas receitas como essa, dadas por Cristo, são antídotos poderosos o bastante para combater certos males que os medicamentos convencionais são incapazes de debelar. Desse modo, perdoar não somente cura os males da alma, como angústia, rancor e ressentimento, mas também produz reações físicas facilmente detectadas em nossos corpos. O perdão adquire outra conotação e passa a ser, acima de tudo, uma atitude de inteligência.

Assisti a muita gente morrer, cotidianamente, quando estive de posse do corpo. Entretanto, não era a morte física, pura e simplesmente. Era a morte da alma, da razão, do bom senso. Indivíduos que se fecharam a toda espécie de apelo e se isolaram na amargura, na culpa, na cobrança de atitudes mais perfeitas por parte do outro.

Um tipo de perdão que precisamos exercitar urgentemente, a fim de evitar quadros assim, é o autoperdão. Muitos cristãos se veem encarcerados em círculos de culpa, a qual, em grande número de vezes, é agravada por uma religião do medo. Como resultado, proliferam instrumentos mais ou menos variados de autopunição, que acometem a própria pessoa e os que lhe acompanham a marcha. De modo tenaz, cobram-se por atos pretéritos de negligência ou ignorância; enclausuram-se em sérias limitações por não se permitirem experiências mais felizes, tanto quanto relações e realizações duradouras e nobres.

Caso sejam fiéis pouco comprometidos e, de repente,

tornem-se mais assíduos, vinculando-se de fato à religião, notamos que o sentimento de cobrança, em vez de diminuir – como era de se esperar num processo de espiritualização saudável –, na verdade acaba por aumentar, atingindo patamares quase impossíveis de controlar. Passam a vida inteira mortificando-se de forma impiedosa e com requintes de crueldade consigo mesmos, considerando-se sem qualquer merecimento para viver a vida com felicidade e satisfação. O pior de tudo isso é que, sem conseguir superar eventuais falhas do passado, arrastam as pessoas ao seu redor para aquela nuvem de tristeza e amargura, como se sua infelicidade, sozinha, não bastasse. Querem envolver outros na teia mórbida de culpas e punições internas, justificando, inclusive com passagens da *Bíblia,* sua situação de penúria íntima. Como se Jesus Cristo tivesse ensinado tal disparate a seus seguidores...

Esses cristãos, em geral, dão ao ato de perdoar uma conotação puramente religiosa; falam no assunto como mandamentos para os outros seguirem. Eles próprios não se perdoam, não se veem como mortais do dia a dia, que erram, caem, levantam e prosseguem, aprendendo a errar menos.

Quando resolvem avaliar a vida do outro, então, a situação fica ainda mais crítica. Como existem cristãos que não se perdoam e não perdoam o próximo!

Diante de qualquer deslize alheio, caem em cima de

seu alvo como se errar fosse a coisa mais rara no planeta Terra. Cobram acertos de pessoas que são livres pecadores, seres humanos comuns, normais como qualquer outro. Se houver, da parte de quem eles analisam, algum compromisso de natureza espiritual, comunitária ou social, aí o grau de cobrança cresce na proporção direta do nível de exposição alcançado pelo indivíduo em foco.

Não quero, com minhas palavras, estimular ninguém à aceitação e à conivência com o erro, a falta de ética e coisas semelhantes. Não é isso que proponho. Desejo apenas refletir sobre a mensagem de Jesus acerca do perdão e lembrar o que o evangelista João escreveu em sua epístola universal: "Se afirmarmos que estamos sem pecado, enganamos a nós mesmos, e a verdade não está em nós. Se afirmarmos que não temos cometido pecado, fazemos de Deus um mentiroso, e a sua palavra não está em nós".[86]

O perdão ou o exercício de perdoar assenta-se sobre esta verdade absoluta: todos estamos em fase de aprendizado no contexto em que nos encontramos no mundo. Ninguém pode se isentar do erro, do pecado ou da queda, como queiram se utilizar das palavras; resta-nos unicamente constatar nossos poucos acertos e muitos erros de caminhada, ao longo do percurso. Naturalmente, não intenciono eximir

---

[86] 1Jo 1:8,10 (Nova Versão Internacional).

aqueles que erram de forma calculada, que têm como objetivo lesar o próximo, o sistema ou a comunidade em que se veem envolvidos. Não me refiro ao erro premeditado, pensado, planejado. Quero examinar é quanto nós cobramos do outro aquilo que nem nós mesmos estamos preparados para viver, experimentar ou oferecer. Assim sendo, fico refletindo sobre como nos especializamos em cobrar, punir e ser cruéis com aqueles que estão, como nós, aprendendo.

Por isso acredito que nós, os cristãos, precisamos dedicar mais tempo ao exercício do perdão. Sem nos perdoarmos, não há como ser feliz de maneira plena; sem perdoar o próximo, não há como conviver, ser parceiro, caminhar de mãos dadas. Acho que, por isso tudo, o conselho de Nosso Senhor Jesus Cristo é deveras atual, urgente e terapêutico para nós, os que precisamos do médico das almas para nos curarmos das feridas íntimas que trazemos de nosso passado.

"O MAIS IMPRESCINDÍVEL? O LAR."

Há quem diga que a família está exaurida, que o lar é uma instituição em crise. Será mesmo? É preciso fazer essa ponderação com imenso carinho, pois que a estrutura da família e do lar permanece, ainda hoje, como o sustentáculo da civilização.

Todo aquele que se dedica a estudar as páginas do Evangelho sabe que Jesus começou seu ministério exatamente numa festa onde se formavam ou se ampliavam as bases de uma família. As bodas de Caná da Galileia[87] constituem um marco fundamental na vida missionária de Cristo, ensinando-nos quanto ele deu importância ao lar, à estrutura familiar. Prosseguindo seu ministério, visitou o

---

[87] Cf. Jo 2:1-11. A Galileia era uma província da Judeia, a aproximadamente 100 e 150km ao norte de Jerusalém. Além de Nazaré, cidade onde Jesus se criou, localiza-se na região o Mar da Galileia ou de Tiberíades (cf. Jo 6:1).

lar de Marta, Maria e Lázaro, na cidade de Betânia,[88] onde imortalizou ensinamentos muito importantes para a humanidade; também chegou a morar no lar do apóstolo Pedro, na pequena Cafarnaum.[89] Sobre a cruz no Calvário, Jesus Cristo forma a nova família[90] – ao unir Nossa Senhora e São João[91] –, ilustrando o conceito nascente de família espiritual. Trata-se de nova fase que ele inaugura na Terra, assinalando a enorme relevância que tem o contexto familiar, inclusive no âmbito espiritual, o que é uma inovação.

No Antigo Testamento, o povo de Israel dá à família importância singular. Essa instituição ocupava posição de tal destaque a ponto de constituir-se no epicentro de todos os fenômenos sociais, em torno do qual a própria estrutura

---

[88] Cf. Lc 10:38. Em Betânia, aldeia situada 3km a leste de Jerusalém, residiam, além da família citada, que Jesus visitou periodicamente, o leproso de nome Simão, em casa de quem o Messias foi ungido com valioso perfume (cf. Mc 14:3).

[89] Localizada na costa noroeste do Mar da Galileia, Cafarnaum era importante entreposto comercial à época de Jesus, a caminho da Síria. Foi palco de numerosos "milagres" e pregações do Nazareno (cf. Mt 4:13; 8:5; Jo 4:46; 6:17,24 etc.), que chegou a morar na cidade, em casa de Simão Pedro (cf. Mt 9:1; Mc 2:1). É também onde convocou o cobrador de impostos Levi, que passaria à posteridade como Mateus.

[90] Na cruz, Jesus diz à mãe: "Mulher, eis o teu filho", e, a João: "Eis a tua mãe", fato que levou o discípulo a recebê-la em casa a partir de então (cf. Jo 19:26-27).

da sociedade hebraica se mantinha. O núcleo formado no lar emergia da realidade religiosa para atender à necessidade de ordem socioeconômica e educativa, contribuindo, em última análise, para a unidade nacional. Marcado por diversas situações em que os integrantes da família se reuniam ao redor da figura do patriarca, o conceito de lar e de família vai se aprimorando gradativamente ao longo das páginas do Antigo Testamento, até que surge, enfim, a ideia de família espiritual,[92] uma espécie de família que transcende os laços consanguíneos, mas nem por isso se torna menos real, sendo, muitas vezes, mais firme em seus fundamentos.

No Novo Testamento, notadamente no livro histórico de Atos dos Apóstolos, aparece um conceito, até certo ponto

---

[91] Para o espiritismo, não há sentido no emprego de títulos canônicos ou eclesiásticos, apesar de ser corrente entre seus adeptos. O próprio codificador, Allan Kardec, usou regularmente os termos *são* ou *santo*, opção provavelmente devida à forte influência católica na França de sua época ou por mera tradição, embora isso não acarretasse o endosso à ideia de santidade, tal qual apregoa a Igreja. Neste texto, mantivemos *Nossa Senhora* em vez de *Maria de Nazaré* ou *São* João, para aludir a este evangelista, apenas por fidelidade ao registro da autora, que foi devotada ao catolicismo durante toda a vida.

[92] Antes mesmo da cena que teve lugar na crucificação, envolvendo João e Maria de Nazaré, que a autora aponta como marco de fundação da família espiritual, identificamos o germe ou a exposição teórica dessa ideia nas eloquentes

inédito, no momento em que as famílias e os lares se desestruturam, logo após a morte de Nosso Senhor. Vários membros do círculo doméstico delatam-se mutuamente durante a perseguição[93] que acometeu os primeiros cristãos, entregando uns aos outros[94] nas mãos do poderio de César. Por outro lado, os tempos deram lugar a um novo lar, a Igreja, que congrega aqueles que sentem afinidades entre si. Desponta no cenário do mundo a pluralidade do lar: pessoas quase estranhas entre si, que se reúnem por laços de fé, amor e ideal, revelando um conceito mais abrangente de família.

Talvez, essa retrospectiva histórica da formação do lar demonstre quanto temos de alargar as fronteiras da família, levando-se em conta que o século XXI traz desafios ainda

---

palavras de Jesus: "Quem é minha mãe, e quem são meus irmãos? (...) qualquer que fizer a vontade de Deus, esse é meu irmão, irmã e mãe" (Mc 3:33,35) – e sabe-se "até os seus irmãos não criam" (Jo 7:5) nele. Tal é a interpretação que o espiritismo dá a essa passagem controversa, defendida em uma dissertação bastante interessante (KARDEC, 2002, cap. 14, itens 5-8).

[93] Em diversas ocasiões Jesus predisse a dispersão de seu rebanho e as perseguições que enfrentariam (Mt 10:17; 24:9; 26:31; Lc 21:12; Jo 16:2,32), o que já havia sido feito pelos profetas ao falar do Messias. Seus discípulos também mencionam inúmeras vezes tais situações (At 21:11; 26:11; 1Ts 3:4; 2Tm 3:12 etc.)

[94] Exatamente como profetizaram tanto Jesus (Lc 12:53) como o profeta Miqueias (Mq 7:6), a perseguição aos cristãos nascentes esfacelaria o núcleo familiar.

mais complexos a serem enfrentados. Há que se expandir o sentido de família, de lar, de relacionamento familiar; o progresso da civilização exige que vejamos no lar muito mais que a mera confluência de ligações consanguíneas. Vê-se uma diversidade de situações a concorrer para ampliar a visão do lar e da família, tais como: a adoção de crianças, a presença de idosos e pessoas que temos em consideração; o crescimento do número de lares do tipo educandário, que visam abrigar órfãos e outros jovens no seio da família; a concretização de relações estáveis entre indivíduos do mesmo sexo, que também desejam filhos. Ao se aconchegarem ao ambiente familiar, aumenta o contingente de pessoas que contribui para novos modelos de lar, isto é, novos conceitos administrados pelo sentimento de solidariedade.

O lar, para mim, exerce um poder importantíssimo na constituição da sociedade, da civilização como a conhecemos. Em razão disso, inspirados nos exemplos que encontramos no Evangelho, devemos avaliar melhor a estrutura do nosso lar, dos fatores que contribuem para a harmonia familiar – como o diálogo, a formação religiosa ou os conceitos de espiritualidade – tanto quanto a maneira como criamos e administramos a família. Dependendo dessa condução – mais aberta e progressista ou manipuladora e castrativa –, forjaremos criaturas de igual característica, cujas atividades no mundo serão o reflexo do selo que lhes imprimimos durante a educação em nosso ambiente doméstico.

É claro que se poderá questionar como uma ex-religiosa, que fez votos de pobreza e celibato, ousa opinar sobre a formação da família e do lar em si. Em minha defesa, quero argumentar que também tive um lar, na concepção mais apropriada desse termo, isto é: tive pai, mãe e outros parentes mais antes de adentrar a vida religiosa. Mais ainda, erigi em torno de mim uma família espiritual imensa, muito maior do que aquela em que fui criada. A estrutura dessa família espiritual obedece à mesma estrutura daquela de natureza consanguínea.

Além disso, convivi com inúmeras famílias, as quais adotei em meu coração – em verdade, um sem-número de pessoas que tiveram seus lares destruídos ou construídos, erguidos e alicerçados através de suas atitudes, seu amor, seus afetos e desafetos; enfim, seus erros e acertos. Aprendemos com aquilo com que convivemos. E foi dessa maneira que aprendi a importância do lar, bem como a influência da família na formação do caráter, do indivíduo, da sociedade.

Entretanto, acima de tudo, quando encontrei crianças desamparadas, quando vezes sem conta deparei com pessoas rejeitadas pelos familiares e com pais relegados ao abandono, é que se fez mais sensível em minha alma a concepção e a função do lar. Somente ao ver almas boas acolhendo aqueles que ficaram à margem da sociedade é que pude vislumbrar, em toda sua plenitude, a importância crucial que tem um lar, uma família.

    Meu Deus! Como precisamos nos transformar numa família universal. Como temos tanto trabalho pela frente até nosso mundo se converter num imenso lar espiritual.

"A ROTA MAIS RÁPIDA? O CAMINHO CERTO."

Que é um caminho certo? Quem pode definir qual o caminho mais acertado para uma pessoa, uma comunidade ou uma nação?

Sinceramente, penso que, assim como temos de reavaliar muitos conceitos nossos, e assim como tive de reavaliar meus próprios conceitos tão logo o corpo físico tornou-se impotente para segurar minha alma, temos de fazer um estudo acerca do que é certo ou errado e de como lidamos com esses conceitos em nossa vida.

É ponto pacífico que devemos procurar "com zelo os melhores dons",[95] no dizer do apóstolo Paulo. Mas como

---

[95] 1Co 12:31.

definir o "caminho mais excelente",[96] a rota mais adequada e o tipo de comportamento mais coerente a seguir?

Quando readquiri a lucidez, depois de transpor os portais da morte, cheguei a muitas conclusões. Entre elas, a mais significativa para mim – e que definiu minhas ações a partir de então – foi que nossos caminhos, nossas verdades e certezas, mesmo os que julgamos mais acertados durante a vida no mundo, são todos muito relativos. Essa constatação me fez pensar que não há como determinar a jornada de um indivíduo ou de uma comunidade com base exclusivamente em nossas crenças pessoais e verdades relativas.

Então, cheguei à seguinte resposta: o caminho certo é aquele que se mostra mais coerente com o propósito de vida e com o momento pessoal. Quem sabe o melhor jeito de opinar sobre esse caminho certo não é deixar a pessoa descobrir seu próprio caminho?

A vida no mundo parece que coloca um véu sobre os olhos de nossa alma, e, desse modo, costumamos querer que o outro siga aquilo que julgamos mais acertado. Pais tencionam que seus filhos percorram o roteiro por aqueles designado; esperam que os filhos sejam aquilo que não conseguiram ser, esquecendo-se de que o melhor caminho para os jovens é o que eles próprios escolherão, o que mais

[96] Idem.

se adequar ao seu estilo pessoal, à sua identidade espiritual ou à sua vocação.

Outros, quando excessivamente apegados a conceitos religiosos, intentam convencer e converter os demais ao seu modo de pensar ou à sua interpretação pessoal da verdade. Julgam-se conhecedores da vontade de Deus-Pai para a vida alheia. Esquecem-se de que cada um tem um chamado, uma vocação ou uma tarefa a ser cumprida no mundo.

Vemos como políticos, pessoas de influência e governos nacionais pretendem apontar para os outros o estilo de vida ideal, ou defender aquilo que creem ser o melhor para o povo, embora muitos ignorem solenemente a vontade do mesmo povo que pretendem dirigir.

Tenho aprendido quão vasta é a diversidade no mundo, como a natureza é plural e como cada espécie cria estradas diferentes, inventivas, para sobreviver. Basta mirar os exemplos numerosos na fauna e na flora conhecidas. De modo análogo, os homens encontram caminhos os mais distintos para situações similares – e essa é a maravilha da vida. Quem desejará acabar com toda essa riqueza? Que cada um descubra sua própria rota, sua alternativa.

Imagino como seria muito chato este mundo se todos pensassem de maneira igual. Como seria enfadonho, caso toda a gente tivesse a mesma religião, o mesmo ponto de vista. Certamente não haveria debates, discordâncias, embates;

enfim, progresso. Pois é o leque de possibilidades e escolhas que gera avanços, em todos os sentidos.

Então, em meus pensamentos mais íntimos descubro que cada um desenvolve seu melhor caminho. Ou que o melhor caminho para cada ser humano depende de seu histórico de vida, de seu passado, e está sujeito ao conceito e ao amadurecimento espirituais.

Certas estradas podem ser melhores para alguns, para um grupo, mas possivelmente esse caminho, escolhido com esmero por ser o mais indicado para nós, seria a ruína de outra pessoa, caso resolvesse trilhá-lo. Isso tudo nos faz pensar na sabedoria divina, que não definiu para ninguém a verdade.

Podemos lembrar, nesta discussão, a atitude de Jesus Cristo ao ser interpelado por Pilatos acerca da verdade. Simplesmente, calou-se,[97] talvez por que sabia que, para cada um, a verdade tem uma conotação. Num silêncio eloquente, conhecedor de nossa intimidade como era, talvez tenha sugerido que, no intuito de conhecermos a verdade suprema, precisamos aprender a lidar com o diferente, a acolher a pluralidade inerente à vida. Pois, para Cristo, que está inserido numa dimensão muito maior do que a da humanidade, a verdade será muitíssimo transcendente a tudo

---

[97] Cf. Jo 18:38; ver também Mt 27:14.

quanto possamos especular em nossas vidas mortais.

    Quem sabe, ainda, perscrutando nosso panorama interno, ele tenha respeitado nossa imaturidade espiritual, deixando que o tempo se encarregasse do nosso amadurecimento, até que estivéssemos prontos a descobrir nosso próprio caminho, nossa própria verdade? Caindo, levantando, acertando e errando é que amadurecemos. Sem essa luta diária, sem conquistas – e também derrotas –, sem os entrechoques da vida, não há como descobrir o melhor caminho a seguir.

    O caminho certo é o que melhor servir ao nosso aprendizado, à nossa autodescoberta, e não aquele que os outros decidem para nós.

    Ao vislumbrar uma concepção mais abrangente da vida, descobrimos que muitos caminhos interpretados como acertados e melhores foram apenas fruto de nossa própria paixão, nosso fanatismo ou apego. Quando a morte chega e deparamos face a face com a realidade mais profunda da vida, então aquilo que pensávamos sintetizar a verdade ganha novo aspecto, novos contornos. Descobri isso após chegar aqui, no país da eternidade. É impressionante quantas coisas, quantos caminhos inspirados na religiosidade e nas opiniões particulares ou restritas a um grupo reclamam reavaliação e modificação inadiáveis.

    Aprendi a ver a vida religiosa – inclusive minhas próprias escolhas, minha forma de ver o mundo – sob nova perspectiva. Talvez nem melhor, nem pior, mas apenas diferente. A morte descortina diante de nossa alma uma imensidão de possibilidades; dilata nossa visão e nos faz ver como nossas rotas de acerto não são, nem de longe, absolutas; faz-nos perceber que aquilo que consideramos como correto não passa de uma alternativa, de uma opinião – muitas vezes distante de ser a melhor, tampouco a única que apresenta vantagens. Além disso, mostra que nem sempre o que é recomendado para nós o é também para o próximo.

Portanto, a opção efetivamente inteligente é respeitar o momento do outro, levando-se em conta que o caminho mais acertado é aquele que estiver mais ligado a sua história de vida.

"A SENSAÇÃO MAIS AGRADÁVEL? A PAZ INTERIOR."

Conquistar a paz interior é um desafio para qualquer um de nós. A conquista da paz de espírito está intimamente associada a nossas lutas pessoais, internas, bem como a nossos medos, nossas necessidades e nossa visão de vida.

Num mundo que vive às voltas com complicações em áreas ou aspectos diversos, tais como saúde, abandono, pobreza, miséria, necessidade de atualização constante e, principalmente, competitividade, é natural que até mesmo o conceito de paz tenha de ser remodelado. A paz que se buscava há 40 ou 50 anos certamente teria em sua composição, em seu sentido, elementos muito diferentes da paz que o homem do século XXI persegue.

No entanto, há 2 mil anos, quando Jesus Cristo discorreu sobre a paz e defendeu a não violência, em que pese a sua maneira alegórica de se expressar, foi cristalino ao testificar que "o reino de Deus está dentro de vós",[98] numa afirmativa direta, que não deixa margem à discussão. Em minha pequenez de alma, entendo que Nosso Senhor se referia a uma obra permanente – tendo em vista as demais passagens, parábolas e explicações que concedeu a esse respeito[99] –, fossem quais fossem os elementos com que estivéssemos envolvidos intimamente. Segundo minha interpretação, falou sobretudo de construção, de envolvimento, de uma ética muito mais abrangente do que aquela a que estamos acostumados em nosso cotidiano. O conceito de Reino que elabora ao longo das narrativas do Evangelho passa definitivamente por uma modificação de conduta, de leis e valores; em resumo,

---

[98] Lc 17:21.

[99] As expressões *reino dos céus* e *reino de Deus* aparecem mais de 80 vezes ao longo dos quatro Evangelhos, somando-se as ocorrências de ambas. Introduzem a maioria absoluta das parábolas: "O reino dos céus é semelhante a...". Apesar de não serem sinônimos perfeitos, é somente em Mateus que se observa a distinção entre uma e outra.

pela adoção de nova política de vida. Classifico essa conquista do Reino exatamente da mesma forma como compreendo o triunfo da paz interior.

Em certos momentos da vida de Jesus Cristo e dos santos apóstolos, ele chega a alertar que a paz que oferece é diferente da paz que o mundo tem para dar, da paz que normalmente se espera. A certa altura, diz: "Deixo-vos a paz, a minha paz vos dou. Não vo-la dou como o mundo a dá".[100] E, noutra ocasião, em suas próprias palavras, fala de uma espécie de batalha, uma guerra[101] que pode ser interpretada como luta interna ou, simplesmente, como conquista. Como se vê, nossa paz é um empreendimento decorrente de esforço pessoal.

Embora as variáveis mudem e se renovem ao longo dos séculos, de uma coisa não podemos duvidar, com base nas palavras de Jesus Cristo: a paz é fruto de trabalho árduo,[102] de uma construção interior, do estabelecimento gradual da

---

[100] Jo 14:27.

[101] Diz Jesus: "Não penseis que vim trazer paz à terra. Não vim trazer paz, mas espada" (Mt 10:34).

[102] Paulo de Tarso talvez seja o apóstolo que mais discorreu sobre o que chamou de "espinho na carne" (2Co 12:7), que pode ser entendido como símbolo da luta interna de quem busca a paz. Num desabafo ilustrativo, afirmou categoricamente: "Com efeito o querer está em mim, mas não consigo realizar o bem. Pois não faço o bem que quero, mas o mal que não quero, esse faço" (Rm 7:18-19).

política do Reino dentro de nós. Nem as posses da era moderna, nem os desafios encontrados na escalada da competição no mundo poderão substituir o enunciado de paz trazido por Jesus. Discorro sobre remodelar o próprio conceito de paz no intuito de resgatar aquela concepção de Cristo, de uma paz que não oscila diante das flutuações inerentes às questões mundanas, pessoais e emocionais.

Não acredito que a paz prometida e divulgada por Cristo seja passível de sofrer alternâncias de acordo com o momento, a conjuntura ou as ações e reações emocionais que não dependem de nós. Mas, sim, vejo essa paz como um estado de espírito, que pode ser melhor definido como confiança na Providência Divina, mesmo diante da dor, da enfermidade ou dos dissabores que são comuns no mundo até agora.

Não obstante, manter a serenidade de alma também não significa que devamos nos acomodar diante das injustiças, do erro, do comportamento antiético, mesquinho, vil. Jesus Cristo, que podemos interpretar como um ser pacífico, nunca foi conivente com o abuso, o mal, a hipocrisia ou a política orgulhosa e falida de sua época. Manteve a paz integral em meio às suas demonstrações firmes de desacordo e até indignação[103]

---

[103] Entre outras passagens, há todo um capítulo (Mt 23) inteiramente dedicado à repreensão e à censura severa aos escribas, fariseus e doutores da lei, isto é, à elite sociocultural e econômica da época de Jesus.

com o sistema vigente. Gritou no templo, repreendeu os religiosos e a religião oficial de sua época e foi um dos maiores revolucionários de todos os tempos. No entanto, preservou em si a serenidade, a paz que nunca morre. Prova disso é que, imediatamente após derrubar mesas e expulsar mercadores, no episódio que ficou conhecido como a purificação do templo, promoveu diversas curas.[104]

Foi o diplomata mais perfeito de todas as eras, mas nunca se submeteu à política corrupta. Ajudou os pobres, mas jamais desprezou os ricos que demonstravam tendência a renovação. Admoestou e advertiu os pobres e miseráveis[105] que queriam tirar proveito de sua presença, de seu poder. E não perdeu a paz jamais. Imagino que, se o Evangelho atesta que muita coisa ficou sem ser escrita,[106] naturalmente devido às limitações da época e dos próprios santos apóstolos, então nem quero pensar em tudo que ficou para descobrirmos quando os portais da morte descortinarem para nossas almas a verdade maior.

Eis como penso a paz para minha alma: uma paz revolucionária, e não um eterno ócio calcado em pretensões da

---

[104] Diz o Evangelho, no versículo seguinte à expulsão dos vendilhões do templo: "Vieram ter com ele, no templo, cegos e coxos, e ele os curou" (Mt 21:14).

[105] Cf. Lc 10:41; 17:17-18; Jo 6:26,36,43,60-61 etc.

[106] Cf. Jo 21:25.

alma humana. Conquistar e estabelecer a paz na alma, assim como sobre a Terra, exigirá grande esforço individual e conjunto, tanto no que tange a abrirmos mão de nossas verdades arraigadas e pessoais, como a abdicarmos de algumas interpretações que nos favorecem e de diversas coisinhas às quais nos apegamos, em virtude dos ganhos secundários que haurimos com a manutenção de uma guerra declarada ou de uma paz armada.

Lucra-se muito no mundo com a manutenção de confrontos e disputas, com a miséria e até mesmo com os estados de conflito íntimo. Acredito sinceramente – e há estudiosos que confirmam essa crença – que ninguém perpetua uma situação aflitiva sem que dela extraia algum benefício, seja de ordem material, emocional ou qualquer outra. Algum ganho há.

A questão é, portanto, estabelecer o que é mais importante para nós. Qual o alvo de nossas aspirações mais caras? Trata-se de pesar o que é mais oneroso e o que é mais inteligente, que nos proporciona maior vantagem, dentro de uma avaliação de custo-benefício. Para alguns, os conflitos internos parecem ter mais valor, pois acostumaram-se a tirar proveito das próprias desgraças de forma a manipular pessoas e situações com suas misérias íntimas. É fundamental eleger seu modelo de felicidade, sua meta de vida, e julgar o que mais importa à sua satisfação íntima.

Acredito que somente nos definindo intimamente poderemos fazer uma opção inteligente e consciente pela paz que Cristo anunciou.

"A PROTEÇÃO MAIS EFETIVA?
O SORRISO."

O homem precisa de proteção. Não da proteção contra os supostos perigos que o rodeiam, mas contra outras ameaças mais graves: o egoísmo, o desamor, o abandono, a solidão; proteção que o resguarde da falta de humanidade. O ser humano precisa sobreviver dentro de si mesmo, dentro do próprio corpo, com mais qualidade. Carece urgentemente de um instrumento que o fortaleça e o capacite a enfrentar os desafios íntimos, cativando outros corações para a sua causa.

Em minhas caminhadas pelo mundo, vi quanto os irmãos da mesma raça – a humana – andam distanciados entre si, preocupados com sua sobrevivência, seu ponto de vista, sua verdade pessoal, suas interpretações; isto é, sua vidinha cheia de posses destrutíveis e transitórias, de bens que ladrões roubam e traças corroem.[107] Percebi como o homem necessita de um instrumento para reverter essa situação, que, se não for abordada de maneira cristã, poderá se transformar no início do fim daquilo que denominamos civilização.

[107] Cf. Mt 6:19-20.

O sorriso talvez seja esse instrumento de que dispomos a fim de encurtar as distâncias entre irmãos. Ou – quem sabe? – seja a moldura para envolver a alma humana naquilo que de mais belo temos: a alegria. Sorrir, mesmo diante da dor, mas sem ignorá-la; sorrir perante a ofensa, porém jamais deixando passar a oportunidade de reeducar o ofensor. E se cultivar o sorriso for o início da semeadura do que chamamos de humanização?

E, quando chego a visualizar a humanidade, não posso ignorar a figura exemplar de Jesus Cristo. Para mim, ele sintetiza o que há de melhor no conceito de humanidade. Pessoalmente, vejo-me comprometida com ele pela eternidade, como sua serva, sua emissária, sua voz que clama na escuridão. No entanto, deixando um pouco de lado meus compromissos pessoais e trazendo a figura de Cristo para um âmbito mais humano, posso ver nele o excelso representante da humanidade. Não de uma humanidade falida, mas vitoriosa. Em suas palavras, ao descrever o Reino, seu funcionamento e suas leis, vejo como temos motivos suficientes para enfrentar as adversidades da vida e sorrir. "Bem-aventurados os mansos... Bem-aventurados os que têm fome e sede de justiça... Bem-aventurados os misericordiosos... Bem-aventurados os puros de coração... Bem-aventurados os pacificadores...".[108]

---

[108] Mt 5:5-9.

Não é maravilhoso e extremamente confortador saber que vivemos num Reino regido por tais princípios?

É preciso sorrir, e sorrir com vontade, sorrir com naturalidade, encurtando o caminho entre corações, fazendo ponte entre pessoas, pois o sorriso é uma linguagem universal. Não depende de aprender idiomas, soletrar palavras num vocabulário incompreensível ou ficar atrelado a uma interpretação do sorriso. Sorriso é sorriso em qualquer lugar, em qualquer religião do planeta, em qualquer latitude, desafiando barreiras de língua, de cultura, de crença, de casta, de classe ou posição social.

Sorrir é utilizar uma ferramenta divina para a sensibilização da humanidade.

Não consigo compreender por que nunca se pintam ou esculpem imagens de Jesus sorrindo. Um homem que é o embaixador de um reino, por excelência; é o representante de Deus-Pai no mundo; aquele que traz a Boa-Nova: será que não sorriria? Não há como![109] Não entendo por quê. De verdade. Possivelmente, porque a ditadura do medo, da religião medieval visse no sorriso um instrumento poderoso para abalar os alicerces do pavor, do temor gerado pela ignorância ou pelo desequilíbrio daqueles que se intitulavam

---

[109] Cf. Lc 15:5,23; Jo 15:11; 17:13. Em um dos trechos mais explícitos: "A grande multidão o ouvia com prazer" (Mc 12:37).

dominadores. Talvez por isso banissem o sorriso das ilustrações que retratavam Cristo e aqueles que exprimem o céu. Quem sabe as representações das coisas santas sejam tão sérias e sem alegria justamente porque os artistas que as originaram não conseguiram ainda viver o céu dentro de si? Talvez, talvez!

Seja como for, de uma coisa estou convencida: o poder do sorriso é algo tão imenso e arrebatador que desafia até mesmo a ciência do mundo de hoje.

O sorriso consegue levantar um moribundo – e disso sei por experiência própria. Já vi muita gente no leito de morte sendo revigorada mediante um sorriso franco, aberto, cheio de emoção e energia. Presenciei pessoas sendo estimuladas em suas vidas apenas com o poder de um sorriso. Eu mesma, ao me encontrar com algum dos meus pobres que se expressavam nalgum idioma que porventura me fosse estranho, também apelei para o sorriso inúmeras vezes, abraçando e amando aqueles que eu não compreendia.

Provavelmente por vivenciar tais experiências é que um dia pensei que Nosso Senhor Jesus Cristo sorria para aqueles que não o compreendiam. Sorriu para aqueles que estavam desesperados, tristes, sem fé na vida, em Deus ou no homem. Vejo nas telas da memória o sorriso do Galileu para Maria de Magdala, incentivando-a a descobrir Deus dentro de si. Vejo-o sorrindo ao ressuscitar e aparecer para as Marias[110] diante do túmulo aberto. Vejo sorriso na face de anjos que anunciaram a ressurreição[111] de Cristo Jesus, Nosso Senhor. Vejo sorriso na misericórdia e no encorajamento que ele ofereceu àqueles que erraram, incentivando-os a não mais pecar.[112] Ou nos lábios daqueles que receberam a oportunidade de amá-lo, servindo-o[113] pelos séculos sem fim. Vejo sorrir a Pedro, ao ver a multidão aceitando a proposta de seu Senhor no dia de Pentecostes.[114]

Percebo sorriso na expressão de Francisco de Assis ao saudar a beleza do Sol, da Lua e das estrelas, chamando-os de irmãos. Noto o sorriso dos cristãos de todas as épocas, de todos os lugares, ao constatarem a possibilidade de concretizar o reino de Deus no mundo por meio de seu trabalho.

E como sinto você sorrindo aqui, agora – mesmo que seja em sua alma –, um sorriso de bênçãos ao saber que não está só; que a morte não destrói a esperança, a vida, a fé e o amor; que a força eterna do amor perpetua-se no sorriso

---

[110] A autora faz alusão a Maria Madalena e Maria de Nazaré, chamada "mãe de Tiago" por Marcos (cf. Mt 28:8-10; Mc 16:9-11). João relata o episódio omitindo a presença da mãe de Jesus (cf. Jo 20:10-18).

[111] Cf. Mt 28:5-7; Mc 16:5-8; Lc 24:4-7.

[112] Cf. Lc 17:19; Jo 5:14; 8:11 etc.

[113] Cf. Lc 19:37; At 5:41; Fp 1:18; 4:4;

[114] Cf. At 2:26,41-47.

que você é capaz de esboçar na face, destilando palavras de incentivo, sabedoria, compaixão e fidelidade. É esse mesmo sorriso que constitui valiosa proteção de cada um de nós contra os estados alterados da falta de amor.

"O MELHOR REMÉDIO? O OTIMISMO."

Perante o desafio, o obstáculo ou o problema, a atitude otimista sempre é o melhor remédio. Não falo de se esconder atrás de frases decoradas e, na hora da prova ou do testemunho, acabar deixando irromper de dentro de si a mais cabal demonstração de pessimismo em relação à vida. Falo da atitude verdadeira de otimismo.

Acredito que o otimista não é aquele que reza pedindo a Deus que as coisas ocorram conforme ele acha que é o melhor. Esse é o religioso, que torce, sempre de acordo com suas crenças e sua visão, em geral limitadas, para que os acontecimentos sucedam segundo sua vontade, sua perspectiva pessoal, seu entendimento da verdade. Roga que o mundo se livre da presença dos infiéis – os outros, os que veem diferentemente – ou, então, que se convertam ao seu modo de pensar e à sua maneira de interpretar Deus e o Evangelho. Almeja a aprovação do juízo que faz a respeito de tudo; pretende que as leis divinas sejam derrogadas, ao menos por um instante, tão somente para que ele, sua religião e seu ponto de vista sobre a vida estejam corretos.

Também não acredito em otimismo quando o indivíduo estampa no rosto a fisionomia de alguém já resolvido com a vida ou usa palavras de cristão bem-sucedido no céu, empresário de sua verdade, pessoa politicamente correta. Normalmente, essa gente fala mansinho, acha que está sempre certa, enquanto os outros ou a comunidade estão equivocados, evidentemente. No entanto, esse indivíduo jamais deixa a comunidade. Assemelha-se a uma praga divina, que caiu no seio da coletividade onde vive e, embora esteja convencido e divulgue que a maioria ali tem uma visão distorcida, parece estar colado no lugar, do qual não arreda pé. Essas pessoas querem parecer seguras e perfeitamente encaixadas no mundo, detentoras de respostas e receitas de paz, santidade e espiritualidade. Não vejo isso como otimismo. É um tipo de máscara que cairá na primeira provação, como tenho visto em inúmeros casos do gênero, ao longo de minha vida.

Por outro lado, encontramos espécie completamente diferente de atitude por parte de pessoas mais generosas consigo mesmas. Refiro-me a quem persevera, enfrenta obstáculos sem esperar respostas do céu, e faz acontecer. Isso, sim, é otimismo. É a energia que anima aquele que constrói, mesmo em ambiente adverso; que move o sujeito que combate o mal, sem ser condescendente, irradiando luz em torno de si por meio dos frutos de seu trabalho.[115] Há genuíno otimismo em quem derruba barreiras enquanto outros tão somente as fitam, rogando a Deus escadas para transpor o obstáculo ou superá-lo. Vejo o pobre valoroso, que luta a despeito da fome, trabalhando, arregimentando forças para erguer alguma coisa onde não há esperança; mesmo aquele que levanta favelas e palafitas em lugares ermos, impossíveis, mas ainda assim suspende a cabana tosca para abrigar-se da tempestade.

Como enxergo otimismo no enfermo de câncer ou aids que, apesar do prognóstico de impossibilidade da cura, consegue elevar-se do leito e oferecer ajuda ao companheiro a seu lado, pronunciando palavras de conforto e esperança, quando dizem para ele mesmo que já não tem esperança.

Que quero dizer com isso tudo? É que, para mim, otimismo é fazer o impossível onde ninguém viu possibilidade. É ir além do provável quando os demais discutem planos e perdem-se em projetos grandiosos, que talvez nunca sejam concretizados. Otimismo, até onde compreendo, é atitude de ser gente de verdade – *atitude*, e não *discurso*, recheado de

---

[115] Advertir o outro sobre a prática do mal é um dever, na visão das Escrituras: "Exortamo-vos também, irmãos, que admoesteis os insubmissos, consoleis os desanimados, sustenteis os fracos, e sejais pacientes para com todos" (1Ts 5:14). Ver também Jesus (Mt 18:15) e os antigos profetas (Ez 3:18; 33:9).

palavras bonitas extraídas de livros de autoajuda, as quais falham se não são postas em prática logo.

Ou você aprende de uma vez por todas a fazer, construir e descruzar os braços, ou, então, os mil e um conceitos de otimismo jamais curarão seu ócio, sua apatia e rebeldia contra a vida, Deus ou o mundo.

Remédio poderoso é a atitude de decidir, fazer, arriscar, erguer-se, caminhar, construir; não esperar, mas agir em tempo, realizando sua parte na hora certa, em vez de aguardar passivamente a ajuda de Deus, que vem no momento apropriado, mas jamais com a função de servir de mola para arrancar a pessoa, num passe de mágica, do torpor, da prostração, da falta de atividade – ou, o que é pior, de vontade. Deus sempre ajuda, mas não sem requerer nosso esforço; prefere nos encontrar a meio caminho ou no fim dele, porém nunca inertes, esperando-o de braços cruzados.

É esse o tipo de otimismo que defendo ser um remédio poderosíssimo para o progresso de todos nós no mundo.

"A MAIOR SATISFAÇÃO? O DEVER CUMPRIDO."

Nada mais caro à felicidade do que haver cumprido sua parte, seu dever, estando em paz com a consciência. Diversas vezes fui questionada a respeito do meu trabalho; criticada, até. Afinal, por que haveria de ser diferente? "Bem-aventurados os que sofrem perseguição por causa da justiça, porque deles é o reino dos céus".[116] Nosso Senhor deu vários alertas como esse, e os apóstolos beberam desse cálice em numerosas ocasiões.[117]

Pessoas no mundo todo se incomodavam porque reuni em torno de mim uma verdadeira família espiritual com

---

[116] Mt 5:10.

[117] Cf. Mt 10:17; 21:36; 24:9; Lc 11:49; 21:12; Jo 9:34; 15:20; 16:2; At 4:21; 6:12; 7:52; 2Tm 3:12; Hb 11:36 etc.

o objetivo de realizar no mundo aquilo que fazia – e faz – parte de um ideal, um estilo de vida cristão. Questionavam se o uso do dinheiro era fiscalizado, se havia prestação de contas, se, se, se...

Costumo dizer que temos de prestar contas a nossa consciência; nada mais. Não obstante, no mundo deparamos com todo tipo de revolta, de oposição, inclusive oposição a se fazer o bem que o próprio opositor não consegue realizar.

Em minha experiência de vida com Jesus Cristo, noto que, no trabalho que elegemos como vocação, o melhor prêmio é cumprir nossos deveres[118] para com a vida e com Deus. Não importa quanto questionem sobre nossa honra, nossa dedicação ou honestidade. Mais que tudo isso, importa nos mantermos fiéis ao convite ou mandato do Pai Eterno, da consciência, da vocação.

Todavia, não podemos ignorar que há muita gente, religiosa ou não, espiritualista ou não, que ainda está perdida, sem encontrar seu lugar na vida e sem se encaixar em alguma tarefa relevante para sua alma. Desconhecem aquilo que denominam sua missão na vida e que eu, pessoalmente, chamo de lugar no mundo. Hoje, já não acredito que alguém tenha alguma missão a desempenhar. Vejo que todos têm um papel importante no mundo, mas não um papel

---

[118] Cf. Mt 5:12; 19:29; 2Co 4:17; 1Pe 5:10 etc.

especial, como se fosse algum encargo de natureza superior aos demais, e o encarregado, algum missionário. Tenho certo receio em relação a missionários desse tipo, com uma queda para messias. Prefiro lidar com pessoas comuns, que se propõem a executar a parte que lhes cabe, meramente cumprindo seus deveres de cidadão, de ser humano.

Fico me perguntando como é que, em meio a uma multidão de aproximadamente 7 bilhões de seres humanos – e, portanto, em meio a incontáveis desafios, oportunidades e experiências enriquecedoras –, alguém pode se sentir perdido, sem saber que rumo dar a sua vida. Numa ilha do tamanho do nosso planeta, habitada por tamanha massa de criaturas, imersas nos mais diversos problemas, com inúmeras modalidades de trabalho, sinceramente, não vejo como não se enquadrar em alguma coisa, alguma tarefa relevante para a humanidade.

Perder-se é assumir sua impotência para revolucionar sua vida e fazer dela um roteiro de bênçãos para muitos. Eximir-se de suas incumbências é assumir-se declaradamente como vampiro dos recursos naturais e dos bilhões de indivíduos à sua volta – ou, no mínimo, usurpador de sua família natural. Desprezar a maior chance de sua vida de ser útil, de realizar, de construir, de deixar sua marca talvez seja atestado de preguiça da alma ou de falta de alma naquilo que faz. Se nada mais, denota pelo menos perda de tempo precioso, do qual cedo ou tarde você prestará contas no tribunal de sua própria consciência.

Alguma coisa boa, verdadeiramente proveitosa e de qualidade contagiante, todos podem fazer, sem exceção. Cumprir com essa tarefa, que constitui um legado, uma oferta da vida, é uma satisfação que jamais poderá ser descrita, transferida, copiada ou falseada. Assim como dedicar-se a tantas coisas a nosso alcance: interceder beneficamente, colaborar com uma construção de amor, dar as mãos, sorrir, auxiliar, trabalhar pela melhora do meio ambiente e do mundo onde vivemos; praticar uma ecologia espiritual, enfim.

Em razão disso, não somente eu digo, mas grande número de pensadores, escritores, jornalistas e pessoas comuns já puderam certificar-se e testificar que cumprir o dever é a maior satisfação que o ser humano pode sentir.

E não se pronuncia tal afirmativa de modo leviano, apenas como uma das belas frases do repertório de muita gente. Não! Só é possível dizer isso com a força moral que acompanha o sentido dessa frase, com a convicção de quem experimentou em si mesmo, em algum grau, a felicidade, a satisfação ou o céu que representa a consciência tranquila em face da consecução de sua parcela no grande concerto da vida.

Não se trata de simples representação num palco do mundo; muito pelo contrário, é a certeza de que se fez o que se podia fazer, no momento oportuno. A satisfação de haver correspondido à confiança de Deus-Pai na humanidade e em si, pessoalmente. É saber que muitos Franciscos e Claras de Assis estão espalhados pelo globo, misturados à multidão, chamando os homens de irmãos e lutando por um mundo melhor. E que você é parte de tudo isso, desse grito de amor pela Terra, pelo cosmos.

Você pode desempenhar o papel que lhe cabe, não importando tanto a quantidade, mas a qualidade do que fizer no intuito de que o mundo seja salvo – salvo dos homens que o habitam! É isso mesmo: concorrer para que o planeta não seja extinto e que as crianças permaneçam a sorrir por longo tempo ainda. Aliás, que continue havendo crianças por largo período de tempo. Dar sua contribuição efetiva, consciente de que os desafios que perduram são inúmeros, mas com a certeza de que, quando alguém faz a sua parte, Deus acha eco em mais um coração.

Diante dessas reflexões, concluímos que o maior beneficiado com o bem que se pratica é a própria pessoa que o faz. Como decorrência natural do empreendimento da paz no mundo, o grande benefício é a paz que granjeamos dentro de nós.

É por esse motivo que afirmamos: o céu já está aqui; o paraíso[119] ainda é aqui. Muito embora algumas serpentes

---

[119] A metáfora deste parágrafo baseia-se na alegoria do Éden (Gn 2-3).

passeiem por entre as árvores, subsiste um paraíso em nosso mundo – só que ele está dentro de cada um. Não é um ambiente externo, mas interno. Tanto quanto as serpentes não são somente os políticos, que teimamos em acusar e culpar pelos males do povo, tampouco os religiosos somente, cuja maioria vive alienada da realidade do mundo e do Evangelho histórico de Cristo. Somos nós mesmos! As serpentes estão dentro de nós. Resta-nos uma escolha, mediante tal constatação: de um lado, permitir que destruam o ambiente interno; de outro, usar a inteligência e empregar o veneno que expelem para elaborar vacinas e imunizar-nos contra vários outros males.

Portanto, façamos nossa parte com amor, com imenso amor, com um amor poderoso o suficiente para nos transformar, e assim nossa consciência certamente se tornará mais apta a usufruir os efeitos do amor, com seu dever cumprido no grande plano de Deus para a humanidade.

"A FORÇA MAIS POTENTE DO MUNDO? A FÉ."

Uma força potente é a fé. Tão potente que é pela fé que a humanidade caminha e evolui. E não me venha dizer que fé é coisa de pessoas religiosas ou da religião. Fé é muito mais do que isso.

Quando o ser humano ensaiou seus primeiros passos fora de seu círculo habitual, assumindo seu papel na criação – ocasião em que experimentou o fogo, embrenhou-se pela mata e, mais tarde, devassou os oceanos –, foi pela fé que o fez. Não havia qualquer dado comprovado ou segurança quanto ao resultado da empreitada antes que se aventurasse. A fé é a certeza íntima das coisas impalpáveis, daquelas que não se veem, das coisas que ainda ninguém conseguiu provar.[120]

Foi animado pela fé que o ser humano erigiu a civilização, pois acreditou um dia que seria possível viver em comunidade, experimentar o conforto, a tecnologia e o bem-estar, o avanço e a segurança que representa a vida em grupos. Pela fé, promulgou leis e decretos, pois queria impor limites ao sistema bárbaro de convivência, dar um passo a mais no progresso social e ter o sabor de viver e semear justiça, igualdade e fraternidade. Somente a fé faria o homem chegar aonde chegou.

A fé foi o elemento que fomentou o progresso e fez o cientista[121] descobrir a vacina quando muitos desacreditavam da vida invisível dos micróbios, bactérias e vírus. A fé, "o fundamento das coisas que não se veem",[122] é o que está

---

[120] Clara referência a Paulo de Tarso: "Ora, a fé é a certeza das coisas que se esperam, e a prova das coisas que não se veem" (Hb 11:1). Outras traduções empregam linguagem que se tornou célebre definição da fé: "Fé é o firme fundamento das coisas que não se veem...". Aliás, todo o capítulo (Hb 11) dedica-se a apresentar a fé como força propulsora das ações humanas, muito provavelmente servindo de inspiração à autora naquilo que ora expõe.

[121] Provável alusão a Louis Pasteur (França, 1822-1895), a quem é creditada a invenção da vacina.

[122] Hb 11:1 (segundo certas traduções).

por trás da descoberta do átomo tanto quanto dos mundos espalhados pelo universo, os quais por ora só podem ser detectados, em sua maioria, através de cálculos matemáticos e teorias das mais incríveis, ao menos aos olhos do leigo. Tudo isso somente pela fé, uma vez que ninguém consegue ainda ver além dos limites da vida no sistema solar.

Mesmo em nosso cotidiano, a fé naquilo que ninguém vê é o que move a vida nas grandes metrópoles, nos agrupamentos humanos, em meio à civilização.

Ninguém na multidão fita o vírus que ameaça ou observa o conteúdo microscópico da vacina que cura. Nunca mostraram aos usuários as ondas da televisão, do rádio ou do celular, que cruzam o planeta de um lado a outro. Não! Não conheço, entre os homens, quem tenha mirado a grande força que dá origem às armas de destruição em massa, criadas pela insensatez humana.

Não vi o átomo, ainda. Tampouco contemplei aquilo que se diz ser a amizade, de que ela é constituída ou como é gerada. De que é feito o amor? De que célula? Qual a constituição do DNA do amor? Não me foi apresentada, até então.

A que se assemelha a composição celular da compaixão ou de que é formada a caridade, o sentimento maior da humanidade? Não tenho notícias de quem haja identificado os processos íntimos, celulares, microscópicos dos quais se constitui o amor de mãe ou de pai. Nem sequer quantificado, medido ou pesado foi!

Qual é a fórmula secreta que produziu o Mahatma Gandhi, ou quem no mundo pode decifrar os enigmas de um homem chamado Jesus de Nazaré? Onde, seu DNA?

Somente pela fé se compreende tudo isso. Mas a fé que abordo tem inúmeras ramificações. Pode ser fé de natureza religiosa, intuitiva, intelectual ou racional. Independentemente disso, será sempre a fé do homem na vida e de Deus no homem o que moverá a humanidade rumo a seu futuro glorioso preparado pelo Criador. Como se vê, podemos falar de uma civilização de fé.

Contudo, ao analisarmos os monstros concebidos pelo homem – guerras e massacres hediondos patrocinados pelo orgulho e pela sede de conquista –, chegamos à conclusão de que tais barbaridades existem e sobrevivem em virtude da falta de fé, da ausência de Deus. Devem-se ao fato de não haver a crença genuína – e não a fé da boca para fora – em algo superior e supremo, o que acarreta mudanças efetivas na vida de quem crê.

Diante da morte criada pelo homem e do abandono patrocinado pela crueldade, a falta de fé. Em face do julgamento precipitado e da mortandade infantil, a ausência de fé dos governantes, das pessoas em geral, no que tange a investir no ser humano. À vista da covardia, da exclusão, do preconceito e da discriminação de todas as formas, a carência de fé no próprio irmão sobressai como móvel dos atormentados pela frieza.

Quando examinamos a insuficiente fé no futuro, nas pessoas, no próximo, vemos como a fé ainda é a força mais potente do mundo para transformar, construir, agir, modificar e promover o progresso em todos os sentidos. Como diz o apóstolo, "sem fé é impossível agradar a Deus".[123] Ao que acrescento: sem fé é impossível caminhar no mundo e construir um futuro promissor.

São Paulo afirmou que "a fé é o firme fundamento das coisas que não se veem e a certeza daquelas que se esperam".[124] Com essa reflexão, chego à conclusão de que a fé, também, é o firme fundamento de todas as outras coisas, visíveis e invisíveis; enfim, é o fundamento de todo o sistema de vida da Terra, da civilização humana. Somente por meio da fé é possível compreender as descobertas, a tecnologia, a ciência em si. Separar a fé da ciência é decretar o fim das descobertas científicas, as quais se baseiam na fé[125]

---

[123] Hb 11:6.

[124] Hb 11:1. Conforme dito antes, essa redação aparece em algumas traduções.

[125] No tocante à ciência, o filósofo Rubem Alves afirma que a imaginação e a crença de que há uma ordem por trás dos fenômenos – a fé, se poderia dizer – capacitam o investigador a elaborar hipóteses e teorias previamente às descobertas, o que é essencial para que estas aconteçam. A leitura, que põe em xeque

de alguém que formulou hipóteses acreditando primeiro, para então sair à busca de evidências. Em suma, implicaria assinalar o colapso da sociedade, das pessoas, daquilo que se divulga, descobre ou procura.

Fé é a força fundamental de todo o universo, embora ela se dobre à excelência[126] do amor, que tudo direciona de modo a dar qualidade àquilo que ninguém vê ou percebe – apenas sabe.

---

o discurso científico tradicional, é interessantíssima (ALVES, 2000/2007, cap. 9).

[126] Nova referência a Paulo: "Agora permanecem estes três: a fé, a esperança e o amor, mas o maior destes é o amor" (1Co 13:13).

"AS PESSOAS MAIS NECESSÁRIAS? OS PAIS."

Ao sondar a importância dos pais, necessariamente devemos levar em consideração o contexto familiar, examinar a família e seus valores, sua formação.

No Evangelho, Cristo relembra o mandamento sagrado que recomenda honrar pai e mãe,[127] ou seja, cuidar daqueles que um dia nos abriram as portas do mundo e da vida. Assim sendo, não há como ignorar o papel da formação familiar e da presença dos pais no tocante ao homem e ao mundo; a influência que tais fatores exercem sobre a humanidade.

É claro que não podemos menosprezar a função representativa que os pais têm como genitores, o que já é de suma importância. Porém, ao se falar dos pais e da

---

[127] Cf. Mt 15:4; Ex 20:12; 21:17; Dt 5:16.

necessidade de sua presença, queremos sobretudo destacar a atuação que o pai e a mãe têm na educação, na formação do caráter e na preparação dos indivíduos para a sociedade, para a vida em comunidade.

A educação é algo a ser pensado com mais detalhes, pois a figura dos pais representa a primeira referência de autoridade que o indivíduo encontra no mundo. Essa referência deve ser fortalecida mediante um acordo de convivência mútua baseado no respeito, na honra, na disciplina familiar e no reconhecimento de limites. A imagem parental sintetiza tudo isso, a fim de que a criança e futura cidadã não se perca na vida, ao confrontar-se com as demais balizas e parâmetros que conhecerá ao assumir suas responsabilidades na sociedade.

Grande parte das dificuldades enfrentadas pelo adolescente, pelo jovem e pelo adulto, no que concerne aos limites, à autoridade e à representatividade de dirigentes, membros do poder e da hierarquia, tem suas raízes na ausência de um símbolo de autoridade no ambiente doméstico. No momento em que pais e mães deixam de ocupar essa posição, perdem-se no processo de educação dos filhos, que passam a transferir para o mundo a situação vivida na célula familiar. Ser pai e ser mãe é uma necessidade primordial, quando se põe em foco o indivíduo sendo preparado para transitar no mundo.

As referências de amor, autoridade e limite fixadas e

sintetizadas pelos pais expandem-se ao longo da vida do indivíduo de maneira natural. Portanto, ser pai e mãe vai muito além de simplesmente dar à luz um filho e depositá-lo no mundo, quando muito dando alimento e moradia. Ao expandirmos os conceitos de vida familiar e de paternidade e maternidade, cotejando-os com os princípios éticos do Evangelho, as questões tornam-se ainda mais complexas, pois aí a função e o papel dos pais se ampliam ao ponto de adquirir contornos de tarefa de formação de outra personalidade: o cidadão universal.

Não há como transferir a atribuição parental de educador para a babá, a escola e seus professores ou algum outro método – a televisão e, mais recentemente, a internet! Deus nos acuda! – sem colher os frutos amargos de tal omissão. Professores e outros personagens poderão ser auxiliares no processo informativo, formativo e educacional, mas jamais substitutos dos pais. Estes são, por excelência, as referências do caráter, os coadjuvantes na constituição da personalidade e os instrutores especiais responsáveis por inspirar os princípios e valores que nortearão as vidas daqueles que Deus colocou sob sua tutela, para atuarem como Seus agentes transformadores na Terra.

Como podemos ver, ser pai ou mãe transcende muitíssimo o mero compromisso social. Eis por que também chamo a atenção para a enorme necessidade de figuras paternas e maternas atuantes, que abracem com unhas e dentes o desafio que lhes foi confiado. Não genitores, simplesmente, mas pais verdadeiros: a maior necessidade do ser humano.

    Se o processo de redenção humana, de elaboração e transformação de seu futuro, está intimamente associado ao fator educativo – e já foi dito que a educação é a base do trabalho de Cristo no mundo, na formação do Reino –, então o papel dos pais nesse contexto, como educadores, ganha incomensurável relevo e valor; é a maior necessidade, ainda hoje.

    Imaginemos o mundo sem o papel educador e o referencial dos pais. Miremos as guerras, os filhos que são recrutados e sua ação durante os combates. Observemos a ação de gangues, o aumento da marginalidade e da criminalidade. Busquemos os pais perdidos debaixo das marquises e ouçamos-lhes a história; localizemos os filhos que abandonaram os pais e escutemos-lhes o outro lado. Todo enredo tem, no mínimo, dois lados, duas versões. Encontremos, nos asilos, os pais esquecidos ou, nos manicômios, os filhos do desespero e da agonia. E, sem julgar nem culpar ninguém, sem procurar vítimas nem algozes, procuremos aquilatar a importância da família para esses indivíduos. Como estariam caso estivessem sob o abrigo familiar? Que possibilidades se reservariam a seu futuro, caso contassem com pais e mães a seu lado, ainda vivos, a ampará-los? Como o panorama do mundo seria radicalmente diferente se todos os pais fossem José e todas as mães, Maria. Como seria se porventura os filhos tratassem seus pais com o cuidado que por vezes dispensam às visitas, aos próprios amigos?

    Com certeza, a figura dos pais subiria de patamar frente a essas reflexões. Sendo assim, não posso me furtar às perguntas: por que não resgatar, em tempo, a importância e a representatividade dos seus pais em sua vida? Por que não rever o conceito de família, enquanto ainda não perdemos o referencial? Por que não investir na tentativa de copiar o modelo da família de Jesus, embora no ambiente do século XXI, mas com valores do primeiro século, cultivados num lugarejo chamado Nazaré da Galileia, perdido na poeira do tempo e no espaço, mas jamais esquecido nos corações?

    Talvez a questão levantada, envolvendo a relevância da atribuição de mães e pais, deva passar, acima de tudo, por uma revisão de princípios. Uma análise sincera sobre até que ponto ainda dispomos de nossos valores, alicerces e diretrizes, indagando corajosamente se tais elementos sobrevivem para além de nossos discursos, nossa pose e nossa posição social; se porventura não se resumem às nossas pregações religiosas e, idealmente, se ultrapassam nossa retórica. A partir daí, meçamos de maneira judiciosa a necessidade de preenchermos essa lacuna existente em todas as sociedades humanas, abraçando o compromisso de ser mães e pais, na verdadeira acepção que o termo apresenta e que a situação exige de nós.

"A MAIS BELA DE TODAS AS COISAS? O AMOR."

Amor... Palavra que foi exageradamente empregada, comentada, interpretada, discutida e profanada ao longo da história humana. Nunca se falou tanto de algo como do amor, de tal sorte que o sentido original da palavra, nos dias de hoje, confunde-se com outras coisas que deveriam, no máximo, gravitar em seu entorno, mas que acabaram ganhando maior importância do que o sentimento em si.

Paulo de Tarso fala do amor[128] quase como uma vocação, um dom, algo mais divino do que a religião. Ele decanta o amor com tal esmero e cuidado que o transforma em ação, amor-ágape, amor que realiza, que imuniza, que se consome em chamas; amor que enfrenta obstáculos, desafios, conceitos morais – e o próprio tempo.

[128] Cf. 1Co 13.

Quando diz que o amor é longânimo,[129] ele o eterniza e o faz desafiar conceitos de tempo e espaço. O amor não dependeria de interpretações, mas, mesmo diante das possíveis interpretações, permanece sendo o cerne, o móvel das ações humanitárias – oferecer o corpo para ser queimado, dar aos pobres, na palavra de Paulo.[130] Amor: o elemento não interpretado, não manipulado pelas religiões, não enquadrado no sistema, impossível de ser corrompido; o amor sublime do "Amai-vos uns aos outros".[131]

As "línguas dos homens e dos anjos"[132] – o amor como algo que supera as barreiras do nacionalismo, dos limites da pátria e da religião; que em seu imo é maior do que o conceito de nação, estado ou crença.

O apóstolo refere-se a uma espécie de amor que sobrepuja inclusive a moral. Trata-se do amor ético. "O amor

---

[129] Cf. 1Co 13:4. Algumas traduções registram *paciente* em vez de *longânimo*. A redação paulina enche-se de intenção e significado quando consideramos que seu autor alia uma das descrições clássicas de Deus (Ex 34:6-7), em que aparecem os mesmos adjetivos – *longânimo* ou *paciente* –, à descrição neotestamentária de que "Deus é amor" (1Jo 4:8). Insinua, assim, que citar os atributos do amor equivale, forçosamente, a dissertar sobre o Pai.

[130] Cf. 1Co 13:3.

[131] Jo 13:34; 15:12,17.

[132] Cf. 1Co 13:1.

não inveja, não se vangloria, não se ensoberbece",[133] ou seja, o amor incondicional é ético. A moral edita regras; a ética questiona as regras. A moral proíbe; são os dez mandamentos.[134] A ética do amor vai além. Permite, com consciência mais ampla. É o sermão da montanha.[135] Paulo nos diz desse amor que excede a interpretação da moral e atravessa o espaço e o tempo em que vige essa moral, convertendo-a em compromisso humanitário, em ética crística.

Um tipo de amor que é mais excelente do que a esperança que anima a humanidade[136] tem de ser mais que o amor-eros; bem mais que amor-ágape. Terá de ser amor *spiritualis*, cósmico, mais amplo do que nossas religiões no mundo podem traduzir e até conceber. Muitíssimo maior em sua amplitude do que podemos entender, ao menos por ora.

Há de ser amor do quilate daquele que induziu o construtor do mundo, o Verbo divino,[137] a vir ao próprio mundo que erigiu e a misturar-se ao próprio povo habitante desse mundo e, mesmo assim, não se confundir com ele. Há

---

[133] Cf. 1Co 13:4. "O amor não se porta com indecência nem vaidade", segundo certas traduções.

[134] Cf. Ex 20:1-17.

[135] Cf. Mt 5-7; Lc 6:20-49.

[136] Cf. 1Co 13:13.

[137] Cf. Jo 1:14.

de ser tal espécie de amor capaz de motivar e levar alguém a abandonar suas origens, seus pais e mães, sua família, a fim de vivê-lo conforme um conceito muito mais abrangente. Como cidadão do infinito, e não de um país; como componente da família universal, e não apenas de uma família consanguínea.

Amor tão forte que projetará o indivíduo no rumo das estrelas, que fará registrar para sempre na retina espiritual de uma alma perdida a imagem daquele que foi seu representante soberano; o amor feito carne, feito homem, feito deus.

Que é o amor? Não se pode traduzi-lo, mas perceber sua força e sua energia; a forma como ele anima e movimenta mundos e seres, fazendo com que tudo gire e se revolucione em torno de si. Alguns poderão chamar essa força de gravidade, de *big bang*, de Alá, Jeová, Jesus, ou do que quiserem, mas ninguém conseguirá esquadrinhar, definir essa força motriz, em si mesma.

Para mim, em poucas palavras, é a força que me motiva, há mais de 2 mil anos, a prosseguir em busca daqueles olhos e daquele olhar que um dia banharam minha alma com as claridades da Via Láctea, que encantaram meu ser e arrebataram meu espírito para sempre, o qual se encontra vencido e conquistado pela força eterna do amor.

BIBLIOGRAFIA

ALVES, Rubem. *Filosofia da ciência: introdução ao jogo e suas regras.* São Paulo, SP: Loyola, 2000. 12ª edição, 2007.

BÍBLIA de Referência Thompson. São Paulo, SP: Ed. Vida, 2004. Tradução contemporânea de João Ferreira de Almeida, 1990, e Nova Versão Internacional, 1993/2000.

KARDEC, Allan. *O Evangelho segundo o espiritismo.* Rio de Janeiro, RJ: FEB, 1944/2002 (diversas traduções e editoras).

____. *O livro dos espíritos.* Rio de Janeiro, RJ: FEB, 1944/2001 (diversas traduções e editoras).

____. *O livro dos médiuns ou guia dos médiuns e evocadores.* Rio de Janeiro, RJ: FEB, 1944/2003, 71ª ed. (diversas traduções e editoras). Cap. 24: Da identidade dos espíritos, itens 255 a 268.

KOLODIEJCHUK, Brian. *Madre Teresa: venha, seja minha luz.* Rio de Janeiro, RJ: Thomas Nelson Brasil, 2008.

LEMOS, Jaqueline. *Madre Teresa.* São Paulo, SP: Salesiana, 2006.

INTERNET

http://www.motherteresa.org/layout.html. Acessado em 11/11/2009.

http://pt.wikipedia.org/wiki/. Acessado em 11/2009.

ÍNDICE

Prefácio
"Se eu alguma vez vier a ser Santa – serei certamente uma Santa da 'escuridão'. Estarei continuamente ausente do Céu – para acender a luz daqueles que se encontram na escuridão na Terra." *por Robson Pinheiro*

✢ XIII ✢

Sempre um processo diferente: a produção e a estrutura do livro. *por Leonardo Möller*

✢ XIX ✢

Os textos atribuídos a Teresa e o problema com as fontes.

✢ XXIV ✢

A crise de fé de Teresa: fé em Deus ou fé nos cristãos?

✢ XXVIII ✢

"Acredito que o mundo está de ponta-cabeça e sofre muito porque existe tão pouco amor no lar e na vida familiar."

✢ 33 ✢

"Não utilizemos bombas e armas para dominar o mundo. Vamos usar amor e compaixão. A paz começa com um sorriso. Sorria cinco vezes por dia para alguém a quem não gostaria realmente de sorrir; faça isso pela paz. Então, vamos irradiar a paz de Deus e acender a sua luz e extinguir do mundo, e dos corações de todos os homens, todo o ódio e o amor pelo poder."

✷ 41 ✷

"Senhor, ajude-nos a ver sua crucificação e ressurreição como exemplo. Exemplo de como suportar e aparentemente morrer na agonia e no conflito da vida diária, para que possamos viver mais intensa e criativamente."

✷ 49 ✷

"O senhor não daria banho em um leproso nem por um milhão de dólares? Eu também não. Só por amor se pode dar banho em um leproso."

✷ 57 ✷

"Por vezes sentimos que aquilo que fazemos não é senão uma gota de água no mar. Mas o mar seria menor se lhe faltasse uma gota."

✷ 67 ✷

"Quando descanso? Descanso no amor."

* 75 *

"Todas as nossas palavras serão inúteis se não brotarem do fundo do coração. As palavras que não dão luz aumentam a escuridão."

* 81 *

"Temos de ir à procura das pessoas, porque podem ter fome de pão ou de amizade."

* 89 *

"Quem julga as pessoas não tem tempo para amá-las."

* 97 *

"A todos os que sofrem e estão sós, dê sempre um sorriso de alegria. Não lhes proporcione apenas os seus cuidados, mas também o seu coração."

* 103 *

"O dever é algo muito pessoal; decorre da necessidade de se entrar em ação, e não da necessidade de insistir com os outros para que façam qualquer coisa."

* 109 *

"Não devemos permitir que alguém saia da nossa presença sem se sentir melhor e mais feliz."

* 117 *

"O dia mais belo? Hoje."

* 125 *

"A coisa mais fácil? Errar."

* 131 *

"O maior obstáculo? O medo."

* 141 *

"O maior erro? O abandono."

* 151 *

"A raiz de todos os males? O egoísmo."

* 159 *

"A distração mais bela? O trabalho."

* 167 *

"A pior derrota? O desânimo."

* 179 *

"Os melhores professores? As crianças."

* 189 *

"A primeira necessidade? Comunicar-se."
❊ 197 ❊

"O que mais traz felicidade? Ser útil aos demais."
❊ 205 ❊

"O maior mistério? A morte."
❊ 213 ❊

"O pior defeito? O mau humor."
❊ 219 ❊

"A pessoa mais perigosa? A mentirosa."
❊ 227 ❊

"O pior sentimento? O rancor."
❊ 233 ❊

"O presente mais belo? O perdão."
❊ 239 ❊

"O mais imprescindível? O lar."
❊ 247 ❊

"A rota mais rápida? O caminho certo."
❊ 255 ❊

"A sensação mais agradável? A paz interior."
✳ 263 ✳

"A proteção mais efetiva? O sorriso."
✳ 271 ✳

"O melhor remédio? O otimismo."
✳ 279 ✳

"A maior satisfação? O dever cumprido."
✳ 285 ✳

"A força mais potente do mundo? A fé."
✳ 293 ✳

"As pessoas mais necessárias? Os pais."
✳ 301 ✳

"A mais bela de todas as coisas? O amor."
✳ 307 ✳

Bibliografia
✳ 312 ✳

Transcenda-se. Para o catálogo completo, acesse www.casadosespiritos.com

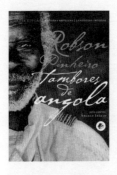

TAMBORES DE ANGOLA | *Coleção Segredos de Aruanda, vol. 1*
EDIÇÃO REVISTA E AMPLIADA | A ORIGEM HISTÓRICA DA UMBANDA E DO ESPIRITISMO | ROBSON PINHEIRO *pelo espírito Ângelo Inácio*

O trabalho redentor dos espíritos – índios, negros, soldados, médicos – e de médiuns que enfrentam o mal com determinação e coragem. Nesta edição revista e ampliada, 17 anos e quase 200 mil exemplares depois, Ângelo Inácio revela os desdobramentos dessa história em três capítulos inéditos, que guardam novas surpresas àqueles que se deixaram tocar pelas curimbas e pelos cânticos dos pais-velhos e dos caboclos.

ISBN: 978-85-99818-36-7 • ROMANCE MEDIÚNICO • 2015 • 256 PÁGS. • BROCHURA • 16 X 23CM

ARUANDA | *Coleção Segredos de Aruanda, vol. 2*
UM ROMANCE ESPÍRITA SOBRE PAIS-VELHOS, ELEMENTAIS E CABOCLOS
ROBSON PINHEIRO *pelo espírito Ângelo Inácio*

Por que as figuras do negro e do indígena – pretos-velhos e caboclos –, tão presentes na história brasileira, incitam controvérsia no meio espírita e espiritualista? Compreenda os acontecimentos que deram origem à umbanda, sob a ótica espírita. Conheça a jornada de espíritos superiores para mostrar, acima de tudo, que há uma só bandeira: a do amor e da fraternidade.

ISBN: 978-85-99818-11-4 • ROMANCE MEDIÚNICO • 2004 • 245 PÁGS. • BROCHURA • 16 X 23CM

CORPO FECHADO | *Coleção Segredos de Aruanda, vol. 3*
ROBSON PINHEIRO *pelo espírito W. Voltz, orientado pelo espírito Ângelo Inácio*

Reza forte, espada-de-são-jorge, mandingas e patuás. Onde está a linha divisória entre verdade e fantasia? Campos de força determinam a segurança energética. Ou será a postura íntima? Diante de tantas indagações, crenças e superstições, o espírito Pai João devassa o universo interior dos filhos que o procuram, apresentando casos que mostram incoerências na busca por proteção espiritual.

ISBN: 978-85-87781-34-5 • ROMANCE MEDIÚNICO • 2009 • 303 PÁGS. • BROCHURA • 16 X 23CM

LEGIÃO | *Trilogia O Reino das Sombras, vol. 1*
UM OLHAR SOBRE O REINO DAS SOMBRAS
ROBSON PINHEIRO *pelo espírito Ângelo Inácio*

Veja de perto as atividades dos representantes das trevas, visitando as regiões subcrustais na companhia do autor espiritual. Sob o comando dos dragões, espíritos milenares e voltados para o mal, magos negros desenvolvem sua atividade febril, organizando investidas contra as obras da humanidade. Saiba como os enfrentam esses e outros personagens reais e ativos no mundo astral.

ISBN: 978-85-99818-19-0 • ROMANCE MEDIÚNICO • 2006 • 502 PÁGS. • BROCHURA • 14 X 21CM

SENHORES DA ESCURIDÃO | *Trilogia O Reino das Sombras, vol. 2*
ROBSON PINHEIRO *pelo espírito Ângelo Inácio*

Das profundezas extrafísicas, surge um sistema de vida que se opõe às obras da civilização e à política do Cordeiro. Cientistas das sombras querem promover o caos social e ecológico para, em meio às guerras e à poluição, criar condições de os senhores da escuridão emergirem da subcrosta e conduzirem o destino das nações. Os guardiões têm de impedi-los, mas não sem antes investigar sua estratégia.

ISBN: 978-85-87781-31-4 • ROMANCE MEDIÚNICO • 2008 • 676 PÁGS. • BROCHURA • 14 X 21CM

A MARCA DA BESTA | *Trilogia O Reino das Sombras, vol. 3*
ROBSON PINHEIRO *pelo espírito Ângelo Inácio*

Se você tem coragem, olhe ao redor: chegaram os tempos do fim. Não o famigerado fim do mundo, mas o fim de um tempo – para os dragões, para o império da maldade. E o início de outro, para construir a fraternidade e a ética. Um romance, um testemunho de fé, que revela a força dos guardiões, emissários do Cordeiro que detêm a propagação do mal. Quer se juntar a esse exército? A batalha já começou.

ISBN: 978-85-99818-08-4 • ROMANCE MEDIÚNICO • 2010 • 640 PÁGS. • BROCHURA • 14 X 21CM

Além da matéria
UMA PONTE ENTRE CIÊNCIA E ESPIRITUALIDADE
ROBSON PINHEIRO *pelo espírito Joseph Gleber*

Exercitar a mente, alimentar a alma. *Além da matéria* é uma obra que une o conhecimento espírita à ciência contemporânea. Um tratado sobre a influência dos estados energéticos em seu bem-estar, que lhe trará maior entendimento sobre sua própria saúde. Físico nuclear e médico que viveu na Alemanha, o espírito Joseph Gleber apresenta mais uma fonte de autoconhecimento e reflexão.

ISBN: 978-85-99818-13-8 • SAÚDE E MEDIUNIDADE • 2003/2011 • 320 PÁGS. • BROCHURA • 16 X 23CM

Medicina da alma
SAÚDE E MEDICINA NA VISÃO ESPÍRITA
ROBSON PINHEIRO *pelo espírito Joseph Gleber*

Com a experiência de quem foi físico nuclear e médico, o espírito Joseph Gleber, desencarnado no Holocausto e hoje atuante no espiritismo brasileiro, disserta sobre a saúde segundo o paradigma holístico, enfocando o ser humano na sua integralidade. Edição revista e ampliada, totalmente em cores, com ilustrações inéditas, em comemoração aos 150 anos do espiritismo [1857-2007].

ISBN: 978-85-87781-25-3 • SAÚDE E MEDIUNIDADE • 1997 • 254 PÁGS. • CAPA DURA E EM CORES • 17 X 24CM

A alma da medicina
ROBSON PINHEIRO *pelo espírito Joseph Gleber*

Com a autoridade de um físico nuclear que resolve aprender medicina apenas para se dedicar ao cuidado voluntário dos judeus pobres na Alemanha do conturbado período entre guerras, o espírito Joseph Gleber não deixa espaço para acomodação. Saúde e doença, vida e morte, compreensão e exigência, sensibilidade e firmeza são experiências humanas cujo significado clama por revisão.

ISBN: 978-85-99818-32-9 • SAÚDE E MEDIUNIDADE • 2014 • 416 PÁGS. • BROCHURA • 16 X 23CM

Consciência
Em mediunidade, você precisa saber o que está fazendo
Robson Pinheiro *pelo espírito Joseph Gleber*

Já pensou entrevistar um espírito a fim de saciar a sede de conhecimento sobre mediunidade? Nós pensamos. Mais do que saciar, Joseph Gleber instiga ao tratar de materialização, corpo mental, obsessões complexas e apometria, além de animismo – a influência da alma do médium na comunicação –, que é dos grandes tabus da atualidade.

ISBN: 978-85-99818-06-0 • SAÚDE E MEDIUNIDADE • 2007 • 288 PÁGS. • BROCHURA • 16 X 23CM

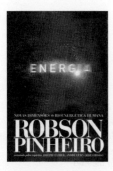

Energia
Novas dimensões da bioenergética humana
Robson Pinheiro *sob orientação dos espíritos Joseph Gleber, André Luiz e José Grosso*

Numa linguagem clara e direta, o médium Robson Pinheiro faz uso de sua experiência de mais de 25 anos como terapeuta holístico para ampliar a visão acerca da saúde plena, necessariamente associada ao conhecimento da realidade energética. Anexo com exercícios práticos de revitalização energética, ilustrados passo a passo.

ISBN: 978-85-99818-02-2 • SAÚDE E MEDIUNIDADE • 2008 • 238 PÁGS. • BROCHURA • 16 X 23CM

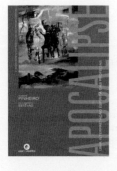

Apocalipse
Uma interpretação espírita das profecias
Robson Pinheiro *pelo espírito Estêvão*

O livro profético como você nunca viu. O significado das profecias contidas no livro mais temido e incompreendido do Novo Testamento, analisado de acordo com a ótica otimista que as lentes da doutrina espírita proporcionam. O autor desconstrói as imagens atemorizantes das metáforas bíblicas e as decodifica.

ISBN: 978-85-87781-16-1 • JESUS E O EVANGELHO • 1997 • 272 PÁGS. • BROCHURA • 16 X 23CM

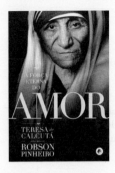

A FORÇA ETERNA DO AMOR
ROBSON PINHEIRO *pelo espírito Teresa de Calcutá*

"O senhor não daria banho em um leproso nem por um milhão de dólares? Eu também não. Só por amor se pode dar banho em um leproso". Cidadã do mundo, grande missionária, Nobel da Paz, figura inspiradora e controvertida. Desconcertante, veraz, emocionante: esta é Teresa. Se você a conhece, vai gostar de saber o que pensa; se ainda não, prepare-se, pois vai se apaixonar. Pela vida.

ISBN: 978-85-87781-38-3 • AUTOCONHECIMENTO • 2009 • 318 PÁGS. • BROCHURA • 16 X 23CM

PELAS RUAS DE CALCUTÁ
ROBSON PINHEIRO *pelo espírito Teresa de Calcutá*

"Não são palavras delicadas nem, tampouco, a repetição daquilo que você deseja ouvir. Falo para incomodar". E é assim, presumindo inteligência no leitor, mas também acomodação, que Teresa retoma o jeito contundente e controvertido e não poupa a prática cristã de ninguém, nem a dela. Duvido que você possa terminar a leitura de *Pelas ruas de Calcutá* e permanecer o mesmo.

ISBN: 978-85-99818-23-7 • AUTOCONHECIMENTO • 2012 • 368 PÁGS. • BROCHURA • 16 X 23CM

MULHERES DO EVANGELHO
E OUTROS PERSONAGENS TRANSFORMADOS PELO ENCONTRO COM JESUS
ROBSON PINHEIRO *pelo espírito Estêvão*

A saga daqueles que tiveram suas vidas transformadas pelo encontro com Jesus, contadas por quem viveu na Judeia dos tempos do Mestre. O espírito Estêvão revela detalhes de diversas histórias do Evangelho, narrando o antes, o depois e o que mais o texto bíblico omitiu a respeito da vida de personagens que cruzaram os caminhos do Rabi da Galileia.

ISBN: 978-85-87781-17-8 • JESUS E O EVANGELHO • 2005 • 208 PÁGS. • BROCHURA • 14 X 21CM

OS ESPÍRITOS EM MINHA VIDA
ROBSON PINHEIRO *editado por Leonardo Möller*

Relacionar-se com os espíritos. Isso é mediunidade, muito mais do que simples fenômenos. A trajetória de um médium e sua sintonia com os Imortais. As histórias, as experiências e os espíritos na vida de Robson Pinheiro. Inclui CD: os espíritos falam na voz de Robson Pinheiro: Joseph Gleber, José Grosso, Palminha, Pai João de Aruanda, Zezinho e Exu Veludo.

ISBN: 978-85-87781-32-1 • MEMÓRIAS • 2008 • 380 PÁGS. • BROCHURA • 16 X 23CM

OS DOIS LADOS DO ESPELHO
ROBSON PINHEIRO *pelo espírito de sua mãe Everilda Batista*

Às vezes, o contrário pode ser certo. Questione, duvide, reflita. Amplie a visão sobre a vida e sobre sua evolução espiritual. Aceite enganos, trabalhe fraquezas. Não desvie o olhar de si mesmo. Descubra seu verdadeiro reflexo, dos dois lados do espelho. Everilda Batista, pelas mãos de seu filho Robson Pinheiro. Lições da mãe e da mulher, do espírito e da serva do Senhor. Uma amiga, uma professora nos dá as mãos e nos convida a pensar.

ISBN: 978-85-99818-22-0 • AUTOCONHECIMENTO • 2004/2012 • 208 PÁGS. • BROCHURA • 16 X 23CM

SOB A LUZ DO LUAR
UMA MÃE NUMA JORNADA PELO MUNDO ESPIRITUAL
ROBSON PINHEIRO *pelo espírito de sua mãe Everilda Batista*

Um clássico reeditado, agora em nova edição revista. Assim como a Lua, Everilda Batista ilumina as noites em ajuda às almas necessitadas e em desalento. Participando de caravanas espirituais de auxílio, mostra que o aprendizado é contínuo, mesmo depois desta vida. Ensina que amar e servir são, em si, as maiores recompensas da alma. E que isso é a verdadeira evolução.

ISBN: 978-85-87781-35-2 • ROMANCE MEDIÚNICO • 1998 • 264 PÁGS. • BROCHURA • 14 X 21CM

Negro
Robson Pinheiro *pelo espírito Pai João de Aruanda*

A mesma palavra para duas realidades diferentes. Negro. De um lado, a escuridão, a negação da luz e até o estigma racial. De outro, o gingado, o saber de um povo, a riqueza de uma cultura e a história de uma gente. Em Pai João, a sabedoria é negra, porque nascida do cativeiro; a alma é negra, porque humana – mistura de bem e mal. As palavras e as lições de um negro-velho, em branco e preto.

ISBN: 978-85-99818-14-5 • AUTOCONHECIMENTO • 2011 • 256 PÁGS. • CAPA DURA • 16 X 23CM

Sabedoria de preto-velho
Reflexões para a libertação da consciência
Robson Pinheiro *pelo espírito Pai João de Aruanda*

Ainda se escutam os tambores ecoando em sua alma; ainda se notam as marcas das correntes em seus punhos. Sinais de sabedoria de quem soube aproveitar as lições do cativeiro e elevar-se nas asas da fé e da esperança. Pensamentos, estórias, cantigas e conselhos na palavra simples de um pai-velho. Experimente sabedoria, experimente Pai João de Aruanda.

ISBN: 978-85-99818-05-3 • AUTOCONHECIMENTO • 2003 • 187 PÁGS. • BROCHURA COM ACABAMENTO EM ACETATO • 16 X 23CM

Pai João
Libertação do cativeiro da alma
Robson Pinheiro *pelo espírito Pai João de Aruanda*

Estamos preparados para abraçar o diferente? Qual a sua disposição real para escolher a companhia daquele que não comunga os mesmos ideais que você e com ele desenvolver uma relação proveitosa e pacífica? Se sente a necessidade de empreender tais mudanças, matricule-se na escola de Pai João. E venha aprender a verdadeira fraternidade. Dão o que pensar as palavras simples de um preto-velho.

ISBN: 978-85-87781-37-6 • AUTOCONHECIMENTO • 2005 • 256 PÁGS. • BROCHURA COM CAIXA • 16 X 23CM

Quietude
Robson Pinheiro *pelo espírito Alex Zarthú*

Faça as pazes com as próprias emoções.
Com essa proposta ao mesmo tempo tão singela e tão abrangente, Zarthú convida à quietude. Lutar com os fantasmas da alma não é tarefa simples, mas as armas a que nos orienta a recorrer são eficazes. Que tal fazer as pazes com a luta e aquietar-se?

ISBN: 978-85-99818-31-2 • AUTOCONHECIMENTO • 2014 • 192 PÁGS. • CAPA FLEXÍVEL • 17 x 24CM

Serenidade
Robson Pinheiro *pelo espírito Alex Zarthú*

Já se disse que a elevação de um espírito se percebe no pouco que fala e no quanto diz. Se é assim, Zarthú é capaz de pôr em xeque nossa visão de mundo sem confrontá-la; consegue despertar a reflexão e a mudança em poucos e leves parágrafos, em uma ou duas páginas. Venha conquistar a serenidade.

ISBN: 978-85-99818-27-5 • AUTOCONHECIMENTO • 1999/2013 • 176 PÁGS. • BROCHURA • 17 x 24CM

Superando os desafios íntimos
A necessidade de transformação interior
Robson Pinheiro *pelo espírito Alex Zarthú*

No corre-corre das cidades, a angústia e a ansiedade tornaram-se tão comuns que parecem normais, como se fossem parte da vida humana na era da informação; quem sabe um preço a pagar pelas comodidades que os antigos não tinham? A serenidade e o equilíbrio das emoções são artigos de luxo, que pertencem ao passado. Essa é a realidade que temos de engolir? É hora de superar desafios íntimos.

ISBN: 978-85-87781-24-6 • AUTOCONHECIMENTO • 2000 • 200 PÁGS. • BROCHURA COM SOBRECAPA EM PAPEL VEGETAL COLORIDO • 14 X 21CM

Cidade dos espíritos | *Trilogia Os Filhos da Luz, vol.1*
Robson Pinheiro *pelo espírito Ângelo Inácio*

Onde habitam os Imortais, em que mundo vivem os guardiões da humanidade? É um sonho? Uma miragem? Não! É Aruanda, a cidade dos espíritos, onde orientadores evolutivos do mundo vivem, trabalham e, de lá, partem para amparar, socorrer, influenciando os destinos dos homens muito mais do que estes imaginam.

ISBN: 978-85-99818-25-1 • ROMANCE MEDIÚNICO • 2013 • 460 PÁGS. • BROCHURA • 16 X 23CM

Os guardiões | *Trilogia Os Filhos da Luz, vol.2*
Robson Pinheiro *pelo espírito Ângelo Inácio*

Se a justiça é a força que impede a propagação do mal, há de ter seus agentes. Quem são os guardiões? A quem é confiada a responsabilidade de representar a ordem e a disciplina, de batalhar pela paz? Cidades espirituais tornam-se escolas que preparam cidadãos espirituais. Os umbrais se esvaziam; decretou-se o fim da escuridão. E você, como porá em prática sua convicção em dias melhores?

ISBN: 978-85-99818-28-2 • ROMANCE MEDIÚNICO • 2013 • 474 PÁGS. • BROCHURA • 16 X 23CM

Os imortais | *Trilogia Os Filhos da Luz, vol.3*
Robson Pinheiro *pelo espírito Ângelo Inácio*

Os espíritos nada mais são que as almas dos homens que já morreram. Os Imortais ou espíritos superiores também já tiveram seus dias sobre a Terra, e a maioria deles ainda os terá. Portanto, são como irmãos mais-velhos, gente mais experiente, que desenvolveu mais sabedoria, sem deixar, por isso, de ser humana. Por que haveria, então, entre os espiritualistas tanta dificuldade em admitir esse lado humano? Por que a insistência em ver tais espíritos apenas como seres de luz, intocáveis, venerandos, angélicos, até, completamente descolados da realidade humana?

ISBN: 978-85-99818-29-9 • ROMANCE MEDIÚNICO • 2013 • 443 PÁGS. • BROCHURA • 16 X 23CM

Encontro com a vida
Robson Pinheiro *pelo espírito Ângelo Inácio*

"Todo erro, toda fuga é também uma procura." Apaixone-se por Joana, a personagem que percorre um caminho tortuoso na busca por si mesma. E quem disse que não há uma nova chance à espreita, à espera do primeiro passo? Uma narrativa de esperança e fé — fé no ser humano, fé na vida. Do fundo do poço, em meio à venda do próprio corpo e à dependência química, ressurge Joana. Fé, romance, ajuda do Além e muita perseverança são os ingredientes dessa jornada. Emocione-se... Encontre-se com Joana, com a vida.

ISBN: 978-85-99818-30-5 • ROMANCE MEDIÚNICO • 2001/2014 • 304 PÁGS. • BROCHURA • 16 X 23CM

Canção da esperança
A TRANSFORMAÇÃO DE UM JOVEM QUE VIVEU COM AIDS
Robson Pinheiro *pelo espírito Franklim*
CONTÉM ENTREVISTA E CANÇÕES COM O ESPÍRITO CAZUZA.

O diagnóstico: soropositivo. A aids que se instala, antes do coquetel e quando o preconceito estava no auge. A chegada ao plano espiritual e as descobertas da vida que prossegue. Conheça a transformação de um jovem que fez da dor, aprendizado; do obstáculo, superação. Uma trajetória cheia de coragem, que é uma lição comovente e um jato de ânimo em todos nós. Prefácio pelas mãos de Chico Xavier.

ISBN: 978-85-99818-33-6 • ROMANCE MEDIÚNICO • 1995/2002/2014 • 320 PÁGS. • BROCHURA • 16 x 23CM

Faz parte do meu show
A TRAJETÓRIA DE UM ARTISTA EM BUSCA DE SI MESMO
Robson Pinheiro *orientado pelo espírito Ângelo Inácio*

Um livro que fala de coragem, de arte, de música da alma, da alma do rock e do rock das almas. Deixe-se encantar por quem encantou multidões. Rebeldia somada a sexo, drogas e muito *rock'n'roll* identificam as pegadas de um artista que curtiu a vida do seu jeito: como podia e como sabia. Orientado pelo autor de *A marca da besta*.

ISBN: 978-85-99818-07-7 • ROMANCE MEDIÚNICO • 2004/2010 • 181 PÁGS. • BROCHURA • 14 X 21CM

O FIM DA ESCURIDÃO | *Série Crônicas da Terra, vol.1*
REURBANIZAÇÕES EXTRAFÍSICAS
ROBSON PINHEIRO *pelo espírito Ângelo Inácio*

Os espíritos milenares que se opõem à política divina do Cordeiro – do *amai-vos uns aos outros* – enfrentam neste exato momento o fim de seu tempo na Terra. É o sinal de que o juízo se aproxima, com o desterro daquelas almas que não querem trabalhar por um mundo baseado na ética, no respeito e na fraternidade.

ISBN: 978-85-99818-21-3 • ROMANCE MEDIÚNICO • 2012 • 400 PÁGS. • BROCHURA • 16 X 23CM

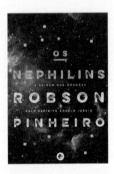

OS NEPHILINS | *Série Crônicas da Terra, vol.2*
A ORIGEM DOS DRAGÕES
ROBSON PINHEIRO *pelo espírito Ângelo Inácio*

Receberam os humanoides a contribuição de astronautas exilados em nossa mocidade planetária, como alegam alguns pesquisadores? Podem não ser Enki e Enlil apenas deuses sumérios, mas personagens históricos? Desse universo em que fatalmente se entrelaçam ficção e realidade, mito e fantasia, ciência e filosofia, emerge uma história que mergulha nos grandes mistérios.

ISBN: 978-85-99818-34-3 • ROMANCE MEDIÚNICO • 2014 • 480 PÁGS. • BROCHURA • 16 X 23CM

O AGÊNERE | *Série Crônicas da Terra, vol.3*
ROBSON PINHEIRO *pelo espírito Ângelo Inácio*

Há uma grande batalha em curso. Sabemos que não será sem esforço o parto da nova Terra, da humanidade mais ciente de suas responsabilidades, da bíblica Jerusalém. A grande pergunta: com quantos soldados e guardiões do eterno bem podem contar os espíritos do Senhor, que defendem os valores e as obras da civilização?

ISBN: 978-85-99818-35-0 • ROMANCE MEDIÚNICO • 2015 • 384 PÁGS. • BROCHURA • 16 X 23CM

OS ABDUZIDOS | *Série Crônicas da Terra, vol. 4*
ROBSON PINHEIRO *pelo espírito Ângelo Inácio*

A vida extraterrestre provoca um misto de fascínio e temor. Sugere explicações a avanços impressionantes, mas também é fonte de ameaças concretas. Em paralelo, Jesus e a abdução de seus emissários próximos, todos concorrendo para criar uma só civilização: a humanidade.

ISBN: 978-85-99818-37-4 • ROMANCE MEDIÚNICO • 2015 • 464 PÁGS. • BROCHURA • 16 X 23CM

VOCÊ COM VOCÊ
MARCOS LEÃO *pelo espírito Calunga*

Palavras dinâmicas, que orientam sem pressionar, que incitam à mudança sem engessar nem condenar, que iluminam sem cegar. Deixam o gosto de uma boa conversa entre amigos, um bate-papo recheado de humor e cheiro de coisa nova no ar. Calunga é sinônimo de irreverência, originalidade e descontração.

ISBN: 978-85-99818-20-6 • AUTOAJUDA • 2011 • 176 PÁGS. • CAPA FLEXÍVEL • 16 X 23CM

TRILOGIA O REINO DAS SOMBRAS | *Edição definitiva*
ROBSON PINHEIRO *pelo espírito Ângelo Inácio*

As sombras exercem certo fascínio, retratado no universo da ficção pela beleza e juventude eterna dos vampiros, por exemplo. Mas e na vida real? Conheça a saga dos guardiões, agentes da justiça que representam a administração planetária. Edição de luxo acondicionada em lata especial. Acompanha entrevista com Robson Pinheiro, em cd inédito, sobre a trilogia que já vendeu 200 mil exemplares.

ISBN: 978-85-99818-15-2 • ROMANCE MEDIÚNICO • 2011 • LATA COM *LEGIÃO, SENHORES DA ESCURIDÃO, A MARCA DA BESTA* E CD CONTENDO ENTREVISTA COM O AUTOR

Responsabilidade Social

A CASA DOS ESPÍRITOS nasceu, na verdade, como um braço da Sociedade Espírita Everilda Batista, instituição beneficente situada em Contagem, MG. Alicerçada nos fundamentos da doutrina espírita, expostos nos livros de Allan Kardec, a Casa de Everilda sempre teve seu foco na divulgação das ideias espíritas, apresentando-as como caminho para libertar a consciência e promover o ser humano. Romper preconceitos e tabus, renovando e transformando a visão da vida: eis a missão que a cumpre com cursos de estudo do espiritismo, palestras, tratamentos espirituais e diversas atividades, todas gratuitas e voltadas para o amparo da comunidade. Eis também os princípios que definem a linha editorial da Casa dos Espíritos. É por isso que, para nós, responsabilidade social não é uma iniciativa isolada, mas um compromisso crucial, que está no DNA da empresa. Hoje, ambas instituições integram, juntamente com a Clínica Holística Joseph Gleber e a Aruanda de Pai João, o projeto denominado Universidade do Espírito de Minas Gerais — UniSpiritus —, voltado para a educação em bases espirituais [www.everildabatista.org.br].

**QUEM ENFRENTARÁ O MAL
A FIM DE QUE A JUSTIÇA PREVALEÇA?**
Os guardiões superiores estão recrutando agentes.

Fundado pelo médium, terapeuta e escritor espírita
ROBSON PINHEIRO no ano de 2011, o
Colegiado de Guardiões da Humanidade é
uma iniciativa do espírito Jamar, guardião planetário.

Com grupos atuantes em mais de 17 países, o Colegiado é
uma instituição sem fins lucrativos, de caráter humanitário
e sem vínculo político ou religioso, cujo objetivo é formar
agentes capazes de colaborar com os espíritos que
zelam pela justiça em nível planetário, tendo em vista a
reurbanização extrafísica por que passa a Terra.

Conheça o Colegiado de Guardiões da Humanidade.
Se quer servir mais e melhor à justiça, venha estudar
e se preparar conosco.

PAZ, JUSTIÇA E FRATERNIDADE
GUARDIOESDAHUMANIDADE.ORG